苏北

书犹如此

时代出版传媒股份有限公司
安徽教育出版社

图书在版编目(CIP)数据

书犹如此 / 苏北著. —合肥:安徽教育出版社,2015
ISBN 978-7-5336-7643-8

Ⅰ.①书… Ⅱ.①苏… Ⅲ.①随笔-作品集-中国-当代
Ⅳ.①I267.1

中国版本图书馆CIP数据核字(2015)第044498号

书犹如此
SHUYOURUCI

出 版 人:	郑　可
质量总监:	张丹飞
策划编辑:	何　客
责任编辑:	何换生　邰　旻
封扉设计:	刘运来
美术编辑:	吴亢宗
责任印制:	何惠菊

出版发行:时代出版传媒股份有限公司　安徽教育出版社
地　　　址:合肥市经开区繁华大道西路398号　邮编:230601
网　　　址:http://www.ahep.com.cn
营销电话:(0551)63683012,63683013
排　　版:安徽创艺彩色制版有限责任公司
印　　刷:安徽新华印刷股份有限公司

开　　本:787×1092　1/32
印　　张:8.5
字　　数:160千字
版　　次:2015年8月第1版　2015年8月第1次印刷
定　　价:36.00元

(如发现印装质量问题,影响阅读,请与本社营销部联系调换)

目录

1 小序

5 辑一

7 听沈从文说话
13 无从驯服的斑马:读《从文家书》
17 福山路三号
22 与黄裳谈汪曾祺
37 沪上访黄裳记
54 黄裳走后
61 和丁聪的一面之缘
64 朴素的季羡林
67 有关季先生的趣事
72 寂寞孙犁
76 《芸斋小说》与明净的书
80 无比的寂寞与苍凉:悼林斤澜

85	"天下最不会写文章的人"走了：小忆范用
90	木心，木心
94	挂鹦鹉的日子：邓友梅侧记

101	辑二

103	汪曾祺为何如此迷人
116	舌尖上的汪曾祺
136	湖东汪曾祺
144	"他年轻时就那么好"
150	汪曾祺的金钱观
153	汪曾祺的两首佚诗
157	汪曾祺在张家口
164	汪曾祺的闲话
167	汪曾祺的绝笔
172	这个人让人念念不忘
177	孙郁笔下的汪曾祺
180	有关汪曾祺的一次闲聊

185	辑三

187	我的签名本
193	契诃夫教我记手记

196 阅读迟子建

204 顶在头上的文字

208 好的文字像鱼一样游弋

212 冲淡为衣

216 尺度

219 云片糕

222 两个青年

225 机遇

229 淡水斋三记

238 杂读琐记

246 午后的黄蜂

249 两件小事,或一盏灯

253 击倒读者的文字

260 北京的磁性

265 访问地坛

小序

我读的书很少。

少年时几乎没有读过什么文学书。十八岁之后接触到文学作品,先是读了几十本西方名著,无非是《红与黑》和《复活》等,两三年读下来,除了培养了一点自负的气质外,其余皆不得要领。二十岁多一点,转来读中国文学,除读了一点《红楼梦》(实话实说,我是抄过一遍的)外,古典名著确实读得很少。忽然一下接触到许多现当代作家,喜欢得不得了。说喜欢,也无非是这么几个作家:鲁迅、废名、沈从文、孙犁、汪曾祺等。对这几位作家的喜欢,基本是同等的,要说多一点,大约是汪曾祺。概因我与汪先生生前有些接触,觉得更亲切一些。

可是我的口味确乎太窄,这几个作家耗了我大半辈子的人生。这从另一个角度说,人生确实太短暂,经不住几"折腾"。

这本书里收录的文章,多是读这些作家作品的心得。写作时间跨度很长，有些还是三十多岁时写的。分为三辑：

辑一以记沈从文、季羡林、黄裳、丁聪、孙犁等作家为主，计十五篇。

辑二的十二篇，都是写汪曾祺的。坊间有人戏称我为"天下第一汪迷"，这当然是玩笑。但我喜欢汪曾祺是真的。我写过一些汪曾祺其人其文的文字，发表后影响还算不错，多收在《一汪情深：回忆汪曾祺先生》和《忆·读汪曾祺》中。这里的十二篇，都写于上两本书之后，也是在发现一些新材料的过程中有感而发。

辑三，杂七杂八，仍与读书有关，兼及我早年经历的一些人和事。

我这多半生都是业余写作。我觉得这样也挺好。几十年来，我的业余时间几乎都耗在读书和写作上了，给朋友的很少，给家人的也不多，真有点愧意。尽管如此，我也没能写出什么像样的作品。我床头堆着一些书，有一本《汪曾祺书画集》，还有一套《红楼梦》和一本马尔克斯的《百年孤独》。有时睡前翻翻，觉得有些书，真是天才之书，百读不厌。这样想来，做一个阅读者，还是蛮幸运的。在阅读的过程中，还能留下一些文字，这也不赖。我很满意自己的这个角色。

这个书名我是喜欢的。我想不过是两层意思：一者，书、读书、读书人，也不过如此，它寓于天地万物之中，左不过是个情和理；二者，收在此集中的短文，也不过尔尔耳。

本书中的个别篇什，在我过去出版的集子中也曾收录过。这是要特别说明的，也请读者谅解。

是为序。

苏北
二〇一五年二月十七日

辑一

听沈从文说话

这个冬天这个老人来到我的家里,他穿着宽宽大大的棉衣,坐在我家客厅的同样宽宽大大的藤沙发上,浓浓的夹杂四川口音的凤凰口音,黏黏糍糍,声音细细的、低低的。他絮絮叨叨。你必须用心去听。你听明白了,你感到天庭被一只上帝的手打开。那是集半个多世纪人生经验和创作经验的声音。你仿佛被谁推了一掌,茅塞顿开。

这个冬天因为这个声音,我温暖。我心温暖。其实我多么讨厌南方的冬天啊。万木凋零,到处死气沉沉。我所居住的这座南方城市极其平淡。一切都处于萧瑟之中,使我的身心皆活泼不得。我无意之中将老人请进客厅,那真是上天赐予的。

得到这份"巨匠之声"非常偶然。那天我在网上无意之中看到介绍这本由沈从文先生的助手王亚蓉所编的《沈从文晚年口述》,知道书内还附有一张CD,是沈先生晚年几次谈话的录音。我简直惊奇不已。我无法想象沈先生是如何说话的。我只在汪曾祺先生的文章中知道沈先生"湘西口音很重",说话非常难懂。我急切地来到书店,在一个不显眼的角落得到这份意外的惊喜。

我欣喜的情形是难以想象的。我听到老人说话的一刹那感觉是神奇的。我并没有感到意外。我感到无比的亲切。他的浓重的乡音我还是听懂了一些。我非常喜欢那"轻轻地说话的语气",那真是无比天真的。

——一切都要经过训练……大家讲我有天生啊……绝对没有。我是相当蠢笨的一个人,我就是有耐烦,耐烦改……巴金什么的说我"最耐烦改了",因为我改来改去,改来改去我文字就通顺了……

——根据个人的浅薄经验来说呢,要是一个作家写到十本书以上,左右,他就统一上达到一个平衡,就站得住,而且在这个基础上他就可以发展……

我读过沈从文的多少书?我读了多少遍沈从文?我曾将《边城》抄在一个笔记本上。《从文自传》、《湘行散记》中的许多篇什也会不经意地浮上我的心头。《一个戴水獭皮帽子的朋友》、《姓文的秘书》我读过无数遍。我曾在人民文学出版社出的《湘行散记》小册子的扉页上记道:"(一九九七年)五月十五日我在去湘西吉首、永顺、保靖、凤凰的途中读过……在回北京的列车上,我又重读了一遍《老伴》,那个成衣铺卖绒线的十三岁的少女深深感动了我。"(这个少女后来就成了《边城》里翠翠的原型)我也曾请汪曾祺先生将"耐烦"两个字写给我。记得当时汪先生还不太情愿……汪先生嘴里啧啧道:"两个字……这,这怎么写……"还是先生的女儿汪朝在一旁瞎出主意:"就两个字,你就给他写吧!"我还不知趣地说:"这是沈先生……"汪先生瞪眼直眉的,那表情就似他画过的一幅画中的那个人,那类似八大山人的老和尚,滑稽极了……他提着毛笔踟蹰着,还是为我在宣纸上写下了"耐烦。凡事都要耐烦"几个字。

——可是我究竟真正"懂得"多少沈从文的"耐烦"?这些悟透创作经验的妙论,我若是早在十年前知晓,又会是怎样的情景?

从个人的眼光来看,我已虚掷了太多的时光,沉溺于人事纷繁中流逝了太多的生命。我听到这样的声音似乎稍稍迟了点。深秋季节,我将杨绛先生的《我们仨》读完。我在一篇读后感式的小文中述道:"在浩如烟海的文字中,我怎就偏偏只喜欢这些'过时'人物的文字?孙犁、汪曾祺、沈从文……这都是'新潮们'不屑的人物啊!这些'过时'的人,他们都是一些能把话说清楚的人,他们总是用最简洁明白的文字,说平常的道理。"我深深知晓他们的价值,我也很愿意学习他们。而我由于疏懒,荒芜的心竟又对平常的日子说不出一个字来。是老舍先生说过吧:"有得写没得写,每天都要写五百字。三天不写手就会生的。"

汪先生也曾批评过我们"手太懒"。而浮躁的我们总是沉溺于声色红尘之中,耐不得寂寥。

沈先生说:"我没有别的能力,我非要靠了这只手活下去,愿望尽管好像很伟大,工作能力很低。"他又说:"是不是先做记者,把笔下弄活它。……短篇这个东西就像跳舞,它各种都要跳啊……它处理的好像是一切不离开人情吧。"

听到这样的声音,就仿佛看到遥远浩淼的天空里的一颗星星。不是很炫目,但是恒久地,就这样远远地、默默地发光。不炫耀、不卖弄、不造作。我想,凡具备大师情怀者,皆怀有这种谦逊的品质和透彻世事的眼光。

谈话中,沈先生有几次笑声,是很耐人寻味的。在这里我很愿意和读者共同分享。在湖南省博物馆的那次讲演中,沈先生说自己是一个很迷信文物的人。当说到"我是一九二八年就混到大学教散文——那也是骗人了——教散文习作",沈先生笑起来了,那笑声中有孩子般的纯真,非常稚气。一副很可爱的样子。而在《湘江文艺》座谈会上谈到扇子文化,沈先生说:"马连良《空城记》拿的那个扇子太晚了。"他又孩童般的笑了,笑声柔柔的,亲切明澈,从笑声中似乎可以触摸到他对自己所从事的工作的热爱,感到他在他的领域里是巨大的、坚强的。而说到文学,沈先生说:"我的书呢,(一九)五三年就烧掉了,烧到什么程度呢……"这句话没有说完,突然噤住了,而改口说:

"我在文学方面是绝对没有发言权的,绝对没有。"从口吻中明显让人觉察到这个生命受过挤压之后的样子,让人觉得这个生命在许多岁月里是很卑微的。

听到这样的声音,稍微知晓一点沈从文生活情形的人,肯定会在震惊之余感到心酸的。最有意思的是,沈先生说:"我是标点符号现在还不通顺,还要我的老伴来帮我改,哪个文法不对了,哪个文法又不对了。"沈先生轻轻地笑了,仿佛谁轻轻地拍了一下手,整个会场都笑了起来。"因为我根本就不懂文法,我怎么对了,不能对的。"笑得非常滑稽可爱,让人感到这个人在生活中还暗藏着机智和小小的幽默。

其实,从沈从文的许多作品中,是能看出这是一个很智慧很懂得幽默的人。(书内有一则王亚蓉与沈先生在火车上的对话,说到沈先生一九六九年冬被下放到湖北咸宁干校劳动的生活,沈先生说:"一个人就住在学校的一个大教室里。空得什么都没有,就是看到窗子上有几个大蜘蛛慢慢地长大了。这面窗子还可以每天看见一只大母羊,每天早晨还可以看见牛,那个大牛、小牛都庄严极了,那个地方的牛都大极了。花牛,美极了,一步一步带着小牛吃饭去。间或还能看见一些小女孩子梳着两个小辫辫,抬砖头捡树叶子。"这是多么干净准确的描述啊,这是通过一双智慧的眼睛观察到的生活场景。准确、生动、明净,气味、声音、色彩都在里面。读之无比感人。)话锋一转,沈先生说:"现在我们知道一个问题是这样的。"他极其严肃认真地说:"我的写作恐怕是受契诃夫和屠格涅夫的影响。"他说:"我总觉得写什么东西,把这个地方风景或者插进去写。人是在这里活动呢,效果就出来了。"同时,"文字还是要紧的","要能够驱遣文字",他说:"太方言化了不行,受不了,走不通。"他举例说:"像我们凤凰那个'给个毛恰恰'。"下面轰地笑了起来,沈先生自己也笑了,真的煞是可爱。

从个人的阅读经验来说,在这个冬日听到这样的声音,我是温暖的。说到要多读书时,沈先生说"其次还是要多读书,读书不必是受影响,是受启发",这真是非常别致和新鲜的见解。之后沈先生说"要能够去跑,能够挨饿,能够不怕冷"。沈先生自己其实就是这样的一个人。这个"本钱就是小学毕业"的人,用自己手中的一支笔,真的打下了一个天下,并且佐证了自己的所言。这真是一个绚烂的生命。

原刊《联合报》二〇一〇年六月九日、十日

无从驯服的斑马：读《从文家书》

一本好书，使人痴迷。我穿一件摄影服，将这本好书揣在大兜里。等人，乘车，上厕所，到银行取款的等待瞬间，与朋友闲聊中的一时冷漠，都可以取出看一眼。这本书叫《从文家书》，是沈从文和张兆和的书信集辑。沈从文，这个小个子白脸妙人。生育他的父母，整日被湘西清疏的山水所浸泡，也许印象过深，无意中移植到了这个孩子身上，使这个少年清秀聪颖，沉静蛮憨，养就一股聪灵"顽固"的性格，造化了这匹"无从驯服的斑马"。这个美妙少年，十四岁上混迹于土著部队，给那些人拎包当差、抄写公文。到二十岁上，他忽然弃武从文，只身窜到历史古都北京，住到他自称"窄而霉小斋"的小旅馆。想谋一份差事。做点什么呢？学习用手中的一支笔换一碗饭吃吧。

于是，这个连标点符号都不会使用的少年，便果真"用一支笔来打天下了"。曾见过沈从文发在一九二四年十二月二十二日《晨报副刊》上的一篇小散文《一封未曾付邮的信》，这可能是沈从文到北京来发表的第一篇文字。这个湘西少年，通过两年（沈从文一九二二年到北京）的努力，终于将文字印到了报纸上。虽然文字很幼稚，还明显看出有学习郁达夫的痕迹。可毕竟起步了！谁也想不到在之后的几年里，沈从文在徐志摩等人的提携下，竟以令人难以置信的成绩走了出来。自一九二四年至一九二九年，沈从文在《晨报副刊》、《民众文艺》、《文学》、《大公报》和《语丝》等报刊发表大量小说、散文，其中有代表性的有《雨后》、《柏子》、《牛》、《菜园》等。一九三二年沈从文完成了《从文自传》，一九三四年初他完成了《湘行散记》，同年，他的中篇小说《边城》问世，在《国闻周报》上连载。至此，沈从文，沈二哥，已从一个湘西少年，成长为一位杰出的、与众不同的、有独特风格的优秀作家。以上这一节文字，如若你能设想出沈二哥当时的情形，你可以跳过不看。如若你对沈从文了解不深，不妨作为你走近沈从文的一个引导。

　　《从文家书》是从一九三〇年七月四日张兆和的一篇日记开始的。此时沈从文已是家喻户晓的人物，他的创作已日臻成熟。他已在胡适主持的中国公学任教。张兆和，这位二九芳龄的苏州姑娘，正就读于中国公学，因此成了沈从文的学生。因此就有了中国三十年代文坛这一段有趣的、沈从文以优美的文字感染了一位正值妙龄的少女的爱情。正如张兆和所说："我又欣喜你有爱写信的习惯，在这种家书抵万金的时代，我应是全北京城最富有的人了。"是的，从一九三〇年沈张相识，他们的通信就没有中断过，不管是行程途中，还是战乱时期，沈从文手中的笔都没有停止过，在吴淞、在北平、在沅陵、在凤凰、在武汉、在昆明，以至在医院，沈从文都没有放下手中的笔。这些文字忠实地记录了沈从文的生命轨迹，更准确地记录了一个热爱生命、热爱自然的"乡下人"的思考。一九三四年，沈从文同张兆和结婚不久，因母病，回湘西凤凰探母。在途经辰州时，沈从文在写给张兆和的信中说道：

> 三三，我因为天气太好了一点，故站在船后舱看了许久水，我心中忽然好像彻悟了一些，同时又好像从这条河中得到了许多智慧。三三，的的确确，得到了许多智慧，不是知识。我轻轻的叹息了好些次。山头夕阳极感动我，水底各色圆石也极感动我，我心中似乎毫无什么渣滓，透明烛照，对河水，对夕阳，对拉船人同船，皆那么爱着，十分温暖的爱着！我们平时不是读历史吗？一本历史书除了告我们些另一时代最笨的人相斫相杀以外有些什么？但真的历史却是一条河。从那日夜长流千古不变的水里石头和沙子，腐了的草木，破烂的船板，使我触着平时我们所疏忽了若干年代若干人类的哀乐！我看到小小渔船，载了它的黑色鸬鹚向下流缓缓划去，看到石滩上拉船人的姿势，我皆异常感动且异常爱他们。

这个沈从文！作为一个爱国的作家，对祖国，对人类，有这份浓于血的情感，难道还不够吗？

一九三八年，沈从文在昆明，他给留在北平的张兆和说出了这样一种认识："据我个人意思，不管又学什么，一天到晚都不会够，永远不离开工作，也不会倦。"别个人觉得沈从文如此拼命工作，反成了病态，认为是反常行为，是神经病，可沈从文却认为，"你可忘了生命若缺少这点东西，万千一律，有什么趣味可言"。又说："世界就是这种'发狂'的人造成的，一切最高的纪录，没有它都不会产生。"他的固执造就了他，也证明了世界是由那些"发狂"的人造成的。尽管这样做来，"对于个人虽很容易吃亏，对于人类说不定可望有一点不大不小的贡献"。这就是沈从文，沈二哥，他就是靠这样的"耐烦"，写出那些优美的文字，感动了一代一代青年。沈从文是不朽的。他对人类，对自然生命的温爱，同他的湘西永远会写进历史这条长河中去的。

原刊《澳门日报》二〇一〇年七月十八日

福山路三号

福山路三号是沈从文故居。

我上午就要离开青岛,我必须去一趟。于是我早晨六点多钟出门,打车来到小鱼山,寻找沈从文故居。那个出租车司机,只把我放在康有为故居,说,就在附近,不远。

我知道他不能准确地告知,于是用这话来搪塞我,好在时间还早,我也乐意在这僻静优雅的山腰闲逛。

这样的独处对于我是相当幸福的。来青岛两日了,被海鲜和无趣的旅游弄得苦不堪言。这种饕餮,使我的灵魂仿佛被掏空。我来觅沈从文故居,就是一种心灵的修补,逃避这种无奈的空虚。

洁净的沥青路面,坡坡地延伸,两旁欧式的老建筑,随处长着自由的花草树木,让你仿佛置身在欧洲小城。那些早起的人们,匆匆地催促孩子上学去。卖早点的摊子,也摆在了门口。我见一个年轻的女人走过,便上前问她:"请问沈从文故居在哪儿?"她默想一会儿,用手指了指,不确定地说:"恐怕在上面吧。"她不能确定,又摇摇头,说:"不清楚,你再问问别人。"

其实我的目光已停留在福山支路九号院里。那家人别出心裁,在院子里种了一棵瓠子,枝蔓绿生生的,披挂下来,开着白色小花,真好看!那半大的小瓠子藏在绿枝叶中间,露出半张小脸,一副幸福的模样。它真的很幸福!小瓠子,你幸福吗?边上好大一棵无花果!真大,这棵无花果,你真棒!

我真的无意于她的抱歉。我对那年轻的女人说了声谢,便径直去了九号大院。我知道,它们是修补心灵的最好良方。别出声,让我同它们说会儿话。

何不做一回王子猷呢!趁兴而访,兴尽而归。同这些小小的生灵说会儿话,你的触须会是多么的敏锐,你必须静下心来,小心呵护。它们虽是一个个小哑巴,可它们是多么有灵性,那小模样又是多么的俊俏!

我又往前走,见到一个老人。我对他说:"请问沈从文故居在哪儿?"老人似乎耳背了,他说:"什么丸?"我大声对他耳朵说:"沈从文!"老人沉默了一会儿。他很想帮助我,可老人无奈地摇了摇头。

我是漫走的专家,我心中决定:再也不去问人,我一定能自己找到。在走过几条路——鱼山路、恒山路和芝罘路——之后,我终于见到福山路。我大步向上走去,拐过几个路口,我终于见到了那个门牌——福山路三号,和那一块黑底金字铭牌——沈从文故居。

一扇斑驳的铁门半掩着，半边有青藤披纷下来。迎门一堵石墙，石墙同样被青藤所覆。无人，院子里静静的。我的心一下子提了起来。我悄声说，沈先生，我来看你了！我一踅身，进门横折一溜石阶，我缓步拾阶而上。

嘻，这就是一座花园。院子里树木扶疏，一棵大的紫薇开满了缎子一样粉红的碎花。可是并不热闹，似乎还有那么一点冷清。别急，让我静下来。一幢两层的老楼掩映在这些树木花草之中。我一层一层看过去：几棵椿树，几棵常青树，两棵柿子树，结着青疙瘩的青柿子，前院还有一处种了玉米，枝叶全枯，可仍立着；走过后院，一棵枫树倚着高坡，后院竟种了南瓜，南瓜藤铺张着，爬得到处都是，开着大大的黄花，结着大大的南瓜。登楼的石阶是弧形的，那石阶的扶手上，也摆了几盆花：一盆蟹爪兰，几盆雏菊，几盆苦瓜低垂着，有的已经腐烂，仍垂在那里，有一盆竟是辣椒，一头结了许多朝天椒！

这是一座花园？是一座破败的废园？还是一畦菜园？它仿佛很有点人间烟火味，又似乎有那么一点典雅浪漫，可是显然很久没有人收拾过它了，有那么一点荒凉。这是沈先生当年的模样么？

小院静寂着，没有一个人。为什么一个人没有呢？可是我又多想没有一个人啊！千万不要有人进来，我可不是小偷！不信，我背一段《边城》给你听。你住在这里，你难道不知道翠翠么？

别出声,让我坐下来,同沈先生说说话。

沈先生,我读过无数遍的《湘西》和《湘行散记》。有一本"开明文库"的《湘行散记》小册子,我一直随身带着,我在扉面上记了"河底各色圆如棋子的石头也感动我"。我还算"耐烦"吧?那一个戴水獭皮帽子的"大爷"还好么?我可是去过永顺、保靖、泸溪和凤凰……沅河的水和吊脚楼……翠翠是以你在崂山北九水见到的那个姑娘为原型么?

我自语了半天,没有听到一点声音。是我慧根不够么?我侧耳去听,恍惚在那紫薇丛中,沈先生的圆圆脸庞一闪,他眯眯笑着。沈先生!我差点叫出声来!可那圆圆的脸庞只一闪,便不见了。

我又默坐了一会儿,站起身来,悄悄走到门口,屋里有说话声音!还有倒水声!我赶紧后退了几步。

好了,沈先生,我得走了。这里是有人给你看房子的。你放心吧。

我走出了门,又回过头来,看了看那半掩着的斑驳的铁门。我又凑近去读那铭牌上的字:

> 沈从文(一九〇二——一九八八),湖南凤凰人。现代作家。一九三一年在国立青岛大学任教。在青期间完成了《从文自传》、《三个女性》、《月下小景》和《三三》等文学名著。

我走了几步,又蓦一回头,目光正好落在掩映在青藤下的蓝色门牌上:福山路三号。

原刊《联合报》二〇〇九年二月六日

与黄裳谈汪曾祺

我一直对汪曾祺一九四七至一九四八年在上海的一段岁月感到十分的好奇和向往。那是一段神采飞扬的岁月，也是深埋在头脑中的永远抹不去的美好记忆。关于这段记忆，汪曾祺回忆得不多，倒是黄永玉不断地提起，黄裳也说过几次。

黄永玉在《太阳下的风景》中说：

> 朋友中，有一位是沈从文的学生，他边教书边写文章，文章又那么好，使我着迷到了极点。人也像他的文章那么洒脱，简直浑身的巧思。

看到这些，真是非常羡慕他们当年的友谊，那时他们都才二十几岁——黄永玉最小，二十三岁，汪曾祺二十七岁，黄裳二十八岁。都正是青春飞扬的岁月，精力又是那么的好，内心又膨胀着对未来的无限想象，真是十分的快活。

黄永玉在《黄裳浅识》中又曾写道：

> 我一直对朋友鼓吹三样事：汪曾祺的文章、陆志庠的画、凤凰的风景。

还要说什么呢？这就是一个人对另一个人的友谊，也是一个人对另一个人欣赏到极点、迷恋到极点的肺腑之言。

我忍不住想听听他们亲口所说，于是只得写信给黄裳，说出我对他们那段生活的迷恋，想请他谈谈那个年月的情形。传记作家李辉说，黄裳是个极其沉默的人，与他坐在一起，他能一直沉默，不说话，如"一段呆木头"。可对于写信，黄裳倒是有兴趣的。果真我信寄出去不久，来自上海陕西南路的回信就收到了。黄裳写道：

苏北先生：

惠函及大作《灵狐》、杂志一册俱收到，谢谢。

曾祺系旧友，去世后曾写数文念之，俱以《故人书简》为题，想都看到。一九四七—一九四八年沪上相逢，过从甚密，往事如尘，难以收拾。近黄永玉撰《黄裳浅识》长文，有所记录，亦因五十年长事，不无出入，亦殊无必要一一追忆矣。

曾祺文革中上天安门，时我在干校，因此得批斗之遭亦可记,八十年代(或九十年代)过北京,曾谋一晤,而以赴张家口演讲不果,得一信并一画,后又一次同游扬州、常州、无锡;访香港亦同游,但觉其喜作报告,我则视若畏途。琐聊供参阅,闻近来频有新书出现,因我不上书店,俱无所见,如蒙见示一二,幸甚。

匆祝撰安!

黄裳

二〇〇七年七月二十九日

汪曾祺与黄裳相识是在巴金家里,这时他似乎已到致远中学教书。一九四六年七月汪曾祺自昆明经越南、香港来到上海,已十分潦倒贫困。在香港,为等船期滞留了几天,这时他已近身无分文了。他寂寞得"连个说话的人都没有"(《芋头》),整天无所事事,在走廊上看水手、小商人、厨师打麻将,心情很不好。因为到上海,是想谋一个职业,可是没有一点着落。汪曾祺发现自己所住的一家下等公寓的一片煤堆里,长出一棵碧绿肥厚的芋头,而"获得一点生活的勇气",可见得他在羁旅之中寂寞的模样。

到上海,汪曾祺寄住在同学朱德熙母亲家里。老家高邮,正在战火之中,有家不能回。他本想在上海找一个能栖身的职业,可是一连几次碰了钉子。在情绪最坏时,甚至想到自杀。他把在上海的遭遇写信告诉沈从文,没想到被沈从文大骂了一顿:"为了一时困难,就这样哭哭啼啼的,甚至想到要自杀,真是没出息!你手里有一支笔,怕什么!"沈先生又让夫人张兆和从苏州写一封长信安慰汪曾祺,同时写信给李健吾,请他多多关照自己的这个学生。

李健吾对汪曾祺是有印象的。因为在昆明,沈先生就多次向他推荐过汪曾祺的小说。汪曾祺早期作品《小学校的钟声》、《复仇》都是发表在李健吾和郑振铎主办的《文艺复兴》杂志上。

汪曾祺找到李健吾,李健吾只好将他介绍到自己学生所办的一间私立中学——上海致远中学教书。这时正是一九四六年的九月。

巴金的夫人萧珊毕业于西南联大,巴金又是沈从文的好朋友,于是汪曾祺在巴金家与黄裳相识了。同时相识的还有黄永玉。黄裳信中所言"一九四七—一九四八年沪上相逢,过从甚密",从《故人书简——忆汪曾祺》亦可得到印证:

> 认识曾祺,大约是在一九四七至一九四八年顷,在巴金家里。那里经常有萧珊西南联大的同学出入,这样就认识了,很快成了熟人。常在一起到小店去喝酒,到DD'S去吃咖啡,海阔天空地神聊。一起玩的还有黄永玉……

黄永玉在《黄裳浅识》一文中说,他曾"见过汪曾祺的父亲,金丝边眼镜笑眯眯的中年人",想必也是在上海的那个时期。那时黄永玉在闵行县立中学教书,每到星期六,"便搭公共汽车进城到致远中学找曾祺,再一起到中兴轮船公司找黄裳",于是"星期六整个下午到晚上九十点钟,星期天的一整天"都混在一起。黄永玉笑谈:"那一年多时间,黄裳的日子就是这样让我们两个糟蹋掉了,还有那活生生的钱!"几十年后黄永玉回忆起来"几乎如老酒一般,那段日子真是越陈越香"。

关于上海的那段日子,汪曾祺没有专门著文去说,都是零零散散地记在小说散文中,小说《星期天》专门写了在致远中学的生活。在《读廉价书》一文中,汪曾祺写道:"在上海,我短不了逛逛旧书店。有时是陪黄裳去,有时我自己去。"在《寻常茶话》中写道:"一九四六年冬,开明书店在绿杨村请客。饭后,我们到巴金先生家喝功夫茶。"这里的"我们",定会是黄裳和黄永玉等。

黄裳在信中说:"曾祺文革中上天安门,时我在干校,因此得批斗之遭亦可记。"这已经是一九五七年"反右"之后的事了。黄裳在《故人书简——忆汪曾祺》中亦曾提及:"后来他又上了天安门,那时我在干校里,却为此而挨了一顿批斗,警告不许翘尾巴。"现在读之不禁让人失笑,笑是觉得荒唐。可那时的黄裳,是无论如何也笑不出来的。

黄裳信中所说,二十世纪八九十年代,又同游扬州、常州、无锡；访香港亦同游。这时的汪曾祺已写出《受戒》、《大淖记事》等小说，在文坛大红大紫，汪先生已经从"壳里"解放出来，心情大为舒畅。可以说，汪曾祺的天性得到伸张，他本来也就是这个样子——倜傥潇洒。应该说，比在上海的时期还要更好。大约可以和他刚到昆明的初期相仿耳！所以黄裳说"但觉其喜作报告，我则视若畏途"。黄裳天性中是寡言的，正如黄永玉所说"大庭广众下是个打坐的老僧"！

黄裳在信的最后说道，近闻汪曾祺频有新书出现，"因我不上书店，俱无所见"。于是我立即到书店，购了一套山东画报社出的《人间草木——汪曾祺谈草木虫鱼散文四十一篇》、《汪曾祺文与画》、《汪曾祺说戏》、《五味——汪曾祺谈吃散文三十二篇》、《汪曾祺谈师友》和《你好，汪曾祺》给他寄去。不久我便收到黄裳的回信：

苏北先生：

一下子收到好多本书，颇出意外。山东画报把曾祺细切零卖了，好在曾祺厚实，可以分排骨、后腿……零卖，而且"作料"加得不错，如《人间草木》。应该称赞是做了一件好事，我有曾祺的全集，但少翻动，不如这些"零售"本，方便且有趣。

大作拜读，所着重指出处也看了。我没有什么别的意思，只是多年不见，怀念在上海的那些日子，曾祺在北京的朋友，我都不熟，想来他们之间，必无当年沪上三人同游飞扬跋扈之情，对他后来的发展，必有所碍。又曾见山东画报辑曾祺说戏一书，未收我与他有关王昭君辩难之文，可惜。

纸短，匆匆道谢，即请撰安！

黄裳

二〇〇七年九月十日

是的，汪曾祺当然"厚实"，黄裳同时也十分欣赏汪曾祺的为人和为文。他在《故人书简——忆汪曾祺》中说："他总是对那些生活琐事有浓厚兴趣，吃的、看的、玩的，巨细靡遗，都不放过。他的小说为什么总使人想起《清明上河图》来，道理就在此。"

在同辈作家中，王蒙、林斤澜、舒乙，都对汪曾祺的文字极为敬佩。邵燕祥曾说过："在他面前，我常常觉得，自己算不上一个真正的读书人。"作家李陀说："汪先生的文字，把白话'白'到家，然后又能把充满文人雅气的文言因素融化其中，使两者在强烈的张力中得以和谐。这大概只有汪曾祺能罢。"沈从文研究者凌宇则说："读汪曾祺的小说，你会为他的文字的魔力所倾倒。句子短峭，很朴实，像在水里洗过，新鲜、纯净。'清水出芙蓉，天然去雕饰'。"是的，喜欢汪曾祺的人，在他的文字面前，就像在一泓清泉边，泉水静静地流淌着，随时掬饮一把，却有甘甜清冽之感。

汪曾祺的迷人之处,还在他具有非常的捷才。说他是"最后一个士大夫"也好,说他是"当代才子"也罢,他随手点染的那些诗句,如果有人辑集起来,编一本《汪曾祺诗草》,那亦是十分美妙的一本书。一次,他随作家代表团到云南访问。高原的光照强烈,作家李迪戴着墨镜。一天下来,回到住地,李迪摘下墨镜,镜片内的雪白,鼻子和脸却花了。汪先生一见直笑,他脱口说:"李迪啊,为你写照八个大字,'有镜藏眼,无地容鼻'。"他与宗璞等作家游太湖,临下船,他塞给宗璞半张香烟纸,宗璞展开了看,是一首打油诗:"壮游谁似冯宗璞,打伞遮阳过太湖。却看碧波万千顷,北归流入枕边书。"汪曾祺还擅长题画诗,他的题诗大多自拟,不仅切合赠画者身份,而且才情兼备,佻达而有致。如果有人征集起来,亦可幸耳。

去年在汪曾祺逝世十周年座谈会上,林斤澜说,我生病在医院里,醒来,看见曾祺的人,他就不过来。我说:

"你过来。你过来。"

他就是不过来,他就在那里说。仿佛这个人就在那儿坐着呢!

林先生说,一个叫美学需要,一个叫社会效果。这两个,汪曾祺都达到了。有些作品接近美学效果,有些作品接近社会效果。曾祺晚年写的《聊斋新义》,十几篇文章,我就想,年轻的同志要多琢磨琢磨,这里面有些名堂。汪曾祺的有些事情是要研究的。近读林斤澜发在《文汇报》上的《无巧不成书》，说到汪曾祺。林先生说，说曾祺"下笔如有神"，我"琢磨"神在高雅与通俗兼得。

何镇邦说得也十分有趣。他说，汪曾祺从来不把自己当成什么了不起的人物，一个完全的老百姓。——他到鲁迅文学院讲课，招待的都是"四特酒"。四特酒本来不是什么好酒，可他认为是好酒。一个算命的曾对汪先生说，要是你戒了烟酒，你还能活二十年。汪先生回道："我不抽烟不喝酒，活着干嘛呀！"

汪先生好酒是出了名的。住蒲黄榆，他有时还偷偷下楼打酒喝。退了休，老太太管着他，一次他去打酒，小卖店少找了他五毛钱，老太太打楼下过，店主叫住老太太，给找回五毛钱。老太太回去一番好审："汪曾祺，你又打酒喝了？"开始汪先生还抵赖。老太太说："人家钱找在这，你还有什么好说的。"老头哑了。汪师母施松卿对老头一般有三种称呼：老头、曾祺和汪曾祺。老太太一叫"汪曾祺"，坏了！肯定有事了！汪曾祺写《安乐居》，老太太发动全家批判他：你居然跑到小酒店喝酒了！——没有啊！——有小说为证！还抵赖！

这就是汪曾祺。

有的作家是"人一走，茶就凉"，而汪曾祺的价值却越来越凸显，身后越来越热闹。十年来，甚至形成一群"汪迷"。那天邵燕祥对我悄悄地说："汪迷"的"格"比"张迷"要高;之后他又神秘地悄声说:这不能给"张迷"知道,否则非打死他不可!

是的,汪和张都是很世俗的作家,他们食人间烟火(有些作家似乎不食人间烟火),他们的笔下也更具人间烟火味;而汪曾祺似更"雅"一点,更书卷一点。(何镇邦说,他曾听汪曾祺骂过一次人。何镇邦说:"老头子骂人也很文雅。"事因是听说广东某个大"左派"要当某作协主席。汪先生在电话中说:"他要当主席,我退会!到天安门自焚!")有人说汪曾祺是"三通":古代的与现代的,中国的与外国的,严肃的与民间的。而何镇邦说得简单:老头子一辈子写美文、做美食。汪先生的做菜原则是"粗菜细做",做菜很简单,跟他的小说一样。一次他买回一个大牛肚,便给林斤澜和何镇邦打电话:"我刚买了个大牛肚!"何镇邦不想去:"我到你那打的要几十块!"汪先生电话中嚷嚷:"我这个爆肚不是想吃就能吃得着的!"结果林和何胃口大开:"又脆又香!"多少年之后何镇邦回忆起来,依然如此快乐。

汪先生在晚年,对青年人特别友好、关心,为许多青年人的新书作序,多有褒奖和扶掖。他为年轻人写的文字,真是举轻若重、举重若轻。有时年轻人来访,他会主动问:"我给你画个画,好吗?"他并不觉得自己的画值钱。他曾经给一年轻朋友画了一幅画,被别人见到,要用五百块钱买去。汪先生知道后说:"你为什么不卖?我还可以给你画嘛!"赵大年说,有一个问题他始终搞不懂:汪曾祺为什么讨女孩子喜欢?参加笔会,一起游船,汪先生的船上都是女作家,而他们的船上清一色的老爷们。汪曾祺的文章,不受某些官员喜欢,但是女孩子都会喜欢。是啊,汪先生的文字是温暖的。爱人者人家也爱啊!一次在火车上,说起传世之作,赵大年说《受戒》可以传世,汪曾祺说:一个人写一辈子,能留下二十个字就不错了。赵大年说,汪曾祺不光女孩子喜欢,连他这个白发老头子也喜欢。

汪先生去世后,他的子女在他的灵堂前摆放:一壶酒,一包烟。

"这个灵堂,我赞成。"何镇邦如是说。

何镇邦是理解汪曾祺的。许多人理解汪曾祺。十多年过去了,汪曾祺的书都在书店里。

许多人在读他的书。黄裳说得很对,汪曾祺是"厚实"的,可以分"排骨、后腿……零卖",而且"味道"不错,日久弥香。

黄裳信中提到"所着重指出处也看了。我没有什么别的意思"。指的是我在信中提到,"文革"后期,黄永玉在给黄裳的一封信中写道:"汪兄这十几年来我见得不多,但实在是想念他。真是'你想念他,他不想念你,也是枉然',他的确是富于文采的,但一个人要有点想想朋友的念头也归入修身范畴,是我这些年的心得,也颇不易。"看后心中颇不是滋味。

今年夏天,天津《散文》(海外版)发了我一组长文。内中提到四五月间,我在北京与汪朗的一次长聊,其中谈了许多汪先生与黄永玉的事,说得温暖而有趣。我将杂志寄给了黄裳。过了些日子,黄裳即给我一封回信,信是写在一种特制的印有暗花的信笺上,笔迹柔软绵长,看了心热:

苏北老兄:

接手书并大文,即读一过,谈言微中,有会心处。

关于永玉曾祺间纠纷事,我本不知,读尊文始明究竟,近永玉似亦曾自说此事,大抵总算明了。真是"细故",但背后却有更深的因素,两人都不曾说。

曾祺对我,一直保留着当年的交情,无甚变化,我亦然。我尚有曾祺一信,不能发表,是他推荐我争取台湾什么文学奖事,他荐了两人,宗璞与我,信中说及奖金……美金……我未接受,此事不了了之。

我为'王昭君'事和曾祺抬了一杠,他的来信也全文发表了。这是彼此交情的真实表现,但此信未收于他的任何文集……我合计似有"为贤者讳"之意,窃以为不能了解我们之间的友谊之故,尊意如何?

天热,简复,颂问热安!

黄裳

二〇〇八年八月六日

黄裳这里的"我为'王昭君'事和曾祺抬了一杠",黄裳在《关于王昭君》一文中已全引了汪曾祺的信。信写于一九六二年四月,是从武汉发出的。这时的汪曾祺,已从张家口回到了北京,开始了他的京剧编剧生涯。信中汪曾祺谈到他刚刚完成的京剧剧本《王昭君》。黄裳认为,和亲是汉家对北胡的政策,在政治层面上考虑是一回事,至于具体到王昭君个人,那只是作为货物或者筹码,是被侮辱被损害的对象;而汪曾祺则"不意弟所为'昭君',竟与老兄看法相左",汪认为,昭君和亲在历史上有积极作用,对汉、胡两个民族人民的生活、生产均有好处。讨论此事是在特定的那个时期。汪曾祺在此后再也没有提起过,也没有留下任何文字,也许汪曾祺早已忘记了,也许是不愿意谈起了。

至于黄裳提到"我尚有曾祺一信,不能发表,是他推荐我争取台湾什么文学奖事,他荐了两人,宗璞与我,信中说及奖金……美金……我未接受,此事不了了之",我想应该是"美孚飞马文学奖",而不是台湾的什么奖。"一九八八年汪曾祺担任美孚飞马文学奖评委",这在陆建华编的《汪曾祺年表》中可以查到。我手头有十多封一九八七至一九八八年汪曾祺写给香港作家古剑的信,其中一九八八年的一封信提到了此事。信不长,特录如下:

古剑兄：

你要林斤澜的散文，他昨天交了一篇给我，是在《文艺报》发表过的，看合用否？"藏猫"香港人不会懂，即捉迷藏也。如转载发表，须加一个注。无处可登，请告诉我一声。

我十一月第一个星期会到香港来。美国美孚石油公司搞了一个飞马奖，今年决定给中国，我是评委之一（另四位人是唐达成、刘再复、萧乾和茹志鹃）。飞马奖十月在北京发一次，十一月在香港再发一次，无非是扩大影响，给美孚公司作作广告而已。到香港玩几天也好。他们会在食宿方面照顾得很周到的。在香港期间，想可见面。

我的自选集出来了。董秀玉九日要回北京度假，如她回港时行李不多，可托她带一本给你。否则就等十一月面交吧。

我的散文集八月发稿，大概明年才能出书。即候
时安！

汪曾祺顿首
八月五日

汪曾祺在另一篇文章中也曾提起，说他推荐了宗璞与黄裳。黄先生为什么拒绝呢？是不是因为他年长于汪曾祺（黄裳比汪大一岁），不得而知，我也来不及问问黄裳。（黄

裳在该书序言中纠正：应是"台湾《中国时报》第十二届时报文学征文奖"，不是美孚"飞马奖"——作者注。）

我之所以拉拉杂杂写上这些，是我近读了一篇李国涛的短文《"文体家"黄裳》。李国涛在文中提到汪曾祺、黄永玉和黄裳时说：

"不管怎么说吧，在那时，其实三人都不过是普通作者和画家，未来发展，全不可知。后来，不用说，一个个都成为可入文学史，可入画史，可入学术史的顶尖人物了。当时他们就亲密如此，可见互为伯乐，互为千里马，互相间有一种马与马之间的气味相投。真的，现在我很相信这一点。周汝昌一见黄裳就有谈不完的红楼之学，黄裳一见汪曾祺就有谈不完的晚明趣事。而黄永玉在画外谈文，总是一语到位，得过沈从文的真传。那是气质。气质，气质！这也是马与马得以相亲的原因。"

我非常同意李国涛的这一段文字。那些某一方面有造诣的人，在年轻时都会在一个层面上，互相启发，互相影响，包括互相提携。有时人才的出现，是一窝一窝的。一个时期如此，一个地方也是如此。

这真是个奇怪的现象。

原刊《大家》二〇〇九年第二期

沪上访黄裳记

上海陕西南路陕南村××号,我们知道,是著名文化老人黄裳先生的家。二〇〇九年五月十日,初夏一个不错的天气,我和《文汇读书周报》的朱自奋兄,得以走进陕南村黄裳的家,与老人肩并肩地坐在他府上客厅里宽宽大大的长沙发上,度过了一个愉快、充实而又有点兴奋的下午。

我读黄裳可有些年岁了。近年来,读得更是近于疯狂。反正他的书,市场上出得又快又多,我是见了就买。虽然多数文章重叠,但是读书不是为了做学问,而是为图一个身心愉快。因此,看过了的还可以再看看。至少我是如此。

就我手头的,就有《过去的足迹》、《珠还记幸》、《黄裳自述》、《海上乱弹》、《河里子集》、《春夜随笔》和《拾落红集》。特别是《来燕榭文存》、《来燕榭少作五种》、《插图的故事》和那本《爱黄裳》，是我不日刚刚捧回的，内中的文字我看过不少。像《跋永玉书一通》、《买墨小记》、《凤城一月记》、《雨湖》，我都读过，有的还是读过好几遍。喜欢一个人，有时是毫无道理可言的。比如你读一个人读久了，你也会喜欢他的。因为你对他比较了解，或者就以为是自己的一个亲人，或是邻居朋友什么的，不知不觉中你就喜欢上了。

对黄先生接待客人的方式，早有所闻：如若无话可说，就可以那么枯坐着，永远坐下去，看看究竟谁的耐力强。关于这些说法，有的是我从书上看来的，有的则是听朋友所说。连黄永玉这样他的老朋友，都说他"如老僧入定"。我想这大约是错不了的。即使事实并非如此，也是八九不离十了。我倒是有一回写信给黄裳，说到这一处，黄先生自己并不以为然。他倒是说"并非我不喜说话，实在是觉得那种场合上说话没有什么意思"。

不管如何吧，我则以自己的方式行事，以动制静也好，以静制动也罢，一切顺其自然。我们上得楼，敲开门。开门的是先生的女儿。开了门之后，他的女儿一声大叫："爸，有客人来了。"之后对我们说："你们在客厅坐一下，他马上就来。"——之后从头至尾，我们再也没有见过先生的女儿。走进客厅，还没有坐下，黄先生从里面一间屋子走了出来。先生穿着粉红色的T恤,淡咖啡色的吊带裤,精神不错。

我上去握了一下先生的手。这双老人的手,绵厚结实。朱自奋说:"苏北来看你了!"先生并没什么反应,一切是平静的样子,说着就在沙发上坐下来。

我习惯地环顾了一下周围,这是一间老式建筑的会客厅,有三十多个平方米的样子。正对着沙发的是一只老式的书橱,里面高高低低地排满了书。有《鲁迅全集》、《郁达夫全集》、《钱锺书散文》、《沈从文小说选》,还有一本厚厚的《夏承焘集》。书橱的上几格,放的是先生自己的书,我见有四卷本的《黄裳文集》、《晚春的行旅》、《山川 历史 人物》、《珠还集》、《黄裳自选集》,在《沈从文小说选》的旁边,是汪曾祺的《自选集》、《蒲桥集》和《晚翠文谈》,似乎还有一本李辉的《与老人聊天》。书橱的顶上斜戗着一只不大的画框,里面镶的是一幅沈周的画。画的是一枝枇杷,六七瓣深绿色枝叶,四五枚杏黄的果实。雅致古朴,甚是可喜。沈周何许人也?明四家也。即沈从文在《湘行散记》中,那个戴水獭皮帽子喜欢说野话的朋友所说"沈石田这狗日的,强盗一样好大胆的手笔"的沈石田也。右手墙上挂着一幅沈尹默的条幅,所书内容乃宋代诗人陈与义的《中牟道中》两首:"雨意欲成还未成,归云却作伴人行。依然坏郭中牟县,千尺浮屠管送迎。杨柳招人不待媒,蜻蜓近马忽相猜。如何得与凉风约,不共尘沙一并来。"沙发的后面,一溜明窗。窗台上摆放着几盆兰草和美人蕉。窗台洁净,客厅雅致,充满了书香气息,颇合老人的情趣和性情。

去时,给老人带了几盒家乡的山核桃。我打开一盒,取出几粒,递给老人。他尝了尝,我问:"味道还好吧?"

"还不错。"他嘴在轻轻地动着,仿佛在品咂。

我以为这是交谈的开端。便取出我的《一汪情深:回忆汪曾祺先生》,递上去,说:

"这个书给您寄了,收到了吧?"

"收到了。"他说。

我把书前后翻翻,然后指着一张我和汪先生的合影,说:"这张照片,还好吧?"

他看了看,说:"还不错。"

我又翻到汪先生的那张比较有代表性的照片,说:"这张比较有风采。"

黄先生仔细看了一下,说:"这张还不错。"他放大了声音说,脸上有了淡淡的笑意。

去时我还准备了先生的几本书,想请他签个名,并抄了王国维的一首词《金鞭珠弹》,想请先生给抄在一本书上。于是我放下《一汪情深:回忆汪曾祺先生》,取出我拥

有的先生的最早的一个版本的书:《过去的足迹》。我边翻边对他说:

"这是一九八四年出的,印了近三万册。"

他接过去看了看,脸上有欣喜的样子。

我说,请先生给题几个字吧。黄先生二话没说,接过笔就写:

> 为苏北老兄题。黄裳,己丑夏。

之后我便一一递上《来燕榭文存》、《银鱼集》和《插图的故事》。他都为我签上了名,或写几句话。

我翻开《来燕榭文存》,指着目录上的《常熟之秋》、《伤逝》和《忆施蛰存》,对他说:"这些都写得很好,我很喜欢读。"他歪着头看我指的篇目。我又翻开《伤逝——怀念巴金老人》那一篇,说:

"写巴金的这篇,写得很有感情。"他依然那么规规矩矩坐着,偏着头,听我说。

我又将书翻回到扉页,取出我抄好的王国维的《金鞭珠弹》,对先生说:

"这是王国维的一首词,请先生给我抄在扉页上。"

他接过去,取下眼镜,将我给他的那张白纸片贴上眼睛,认真地看起来,嘴里似乎还轻轻念道:

金鞭珠弹嬉春日,门户初相识。未能羞涩但娇痴,却立风前乱发衬凝脂。近日瞥见都无语,但觉双眉聚。不知何日始工愁,记取那回花下一低头。

他看完了,放下小纸片,又规规矩矩地坐着,嘴里突然冒出一句:

"不写。"非常坚决。

这是我意想不到的,一时让我有些尴尬,转不过弯来。我于是接着说:

"这是王国维的词。您在一篇文章中提到过,说还不错。"

他并不回答,忽然说:

"王国维的词——不好。"

我没了办法,脑子直动;又转回来,取了我写的《一汪情深》,翻到《关于昆明猫》的一篇。在小纸片的反面,抄下汪先生配画的一首诗,递给黄先生,说:

"这是汪先生的一首诗。您把这个给我抄在我的书的扉页上吧。"

老先生接过小纸片,又如法炮制,取下眼镜,将那张白纸片贴近眼睛,认真地看起来,嘴里还是轻轻念道:

四十三年一梦中,
美人黄土已成空。
龙钟一叟真痴绝,
犹吊遗踪问晚风。

念完,他放下小纸片,嘴里又是一句:

"不写。"似一个孩子,又仿佛与谁人赌气。

哈,这一下如何是好!这个倔犟的老人,不知他葫芦里卖的什么药!我一时没了办法,手足无措。而他老先生,稳稳地坐着,不动声色。我于是只得说:

"那您给随便写几句吧!您想怎么写都行。写在这本书上,我留个纪念,今后收藏着。"说着我将笔递给他。他依然不动,一副不近人情的样子;我摇摇他的肩膀,似有点撒娇,说:

"您自己定吧。随便写点什么。"

他提着笔,只静默了一下(只一会儿),就在书的扉页上写下了:

曾祺写《昆明的雨》,情韵都绝;有诗一绝,能得南疆风韵,不易忘也。己丑初夏为苏北书。黄裳

我一时非常感激!之后他说:

"《昆明的雨》,有一首题诗,写得很好。"

他说:"……雨沉沉。"

我说:"木香花湿……雨沉沉。"

他连说:"对,对。"他忽然来了兴致。可惜我又不能记得全诗。我沉思了一下,又想起半句:

"……天过午。"

他又连说:"浊酒一杯……"仿佛接力。

我真恨自己怎么一下不能全背下来,怎么忽然卡了壳。当时我要是抄下这首诗,他一定会为我写的。我后悔自己去得仓促,没能多些准备。回来后我查了这首诗:

> 莲花池外少行人,
> 野店苔痕一寸深。
> 浊酒一杯天过午,
> 木香花湿雨沉沉。

一见到它,是多么的熟悉啊。可是当时竟想不起来,少了许多说话的趣味。

后来我想,他为什么不愿意写王国维的《金鞭珠弹》呢?我想除了黄先生自己说的"王国维的词——不好"外,还可能是那首词的内容,写在他的书上,也不通,让人觉得莫明其妙;汪先生的"四十三年一梦中",又太轻薄。——"美人黄土已成空……犹吊遗踪问晚风"。不但不吉利，还有点艳。老人也许是忌讳的；即使不忌讳，也觉得有小小的不妥。这种感觉我当时也是有的，只是没想那么多，弄这几句话，抓急罢了。现在看来，还是老人厉害，"曾祺写《昆明的雨》，情韵都绝……不易忘也"，这几句话非常得体，题在这本书上，亦较为妥当、贴切。老人看似不动声色，可心中、手上，都是有数的。

我请黄先生写几句话，心中还是有几分把握的。否则以我的个性，是不会这么死乞白赖缠着他要求的。我知道他对我的印象是好的。我们毕竟还通了那么长时间的信。他似乎还没有道理完全拒绝我。他也没有这个意思，只是一时不太恰当。

我们在他面前，也只是取一种晚辈的姿态，所以显得顽皮、无赖，偶尔，还撒出娇来，但内心都是出于一片诚意、敬意，绝无利用老人的善良、名气来巧取什么。都说黄先生话不多，交谈困难。其实我想，也不是先生不愿意说话，他其实是很愿意说话的。以黄先生这么多年的经见，从他手里过过的事、过过的书，现在的年轻人，可与倾谈者，想必不多。

我们去看他，如果也采取少年老成之态（也不少年了，只是与先生相比较），大老远跑去上海，只是为了在他的家里的长沙发上枯坐片刻，之后离去，也是十分滑稽的。我们多了些过分的要求：照个相、题个词什么的，也是为了活跃气氛。这些东西，放在家里，日后偶尔取出看看，也是一种温暖，也是对先生的一种念想。可绝无牟利之心。话说回来，靠此牟利，也太不堪。那简直是笑话！对汪曾祺先生的字画、手稿，我已多次表过态，日后将捐出去。我已公开说过，还能赖么？我既然号称是汪曾祺先生的徒弟，几十年了，浸淫在先生的文字里，潜移默化，这一点境界和修养还是有的。如果靠此牟小人之利，那叫什么事！那也太小看了汪曾祺先生的文字对人的内心世界的功效了。

黄先生为我题完这几句话，我将书合上，便指着书的封皮，对先生说：

"写得还好吧？"我是指我的《一汪情深》。

黄先生不语，我又追问：

"还不错吧！"一副自掼自的样子，使人看了起腻。

黄先生忽然说：

"你难道要当面要我说你好么？"

哈哈，真弄得我不好意思了。我只得涎着脸：

"要鼓励呀！"

黄先生仍不语。

我又问："都看了吧？"我是指此书，因为书稿我曾给他看过，他才因此写了书前的代序。

可他仍不语。我又问一遍。他说：

"没看。"

我便又指着《与黄裳谈汪曾祺》的篇目，说："这个你看了吧？"

他仍然说：

"没看。"

这就不对啦？他在书的代序中说"漫读一过，颇有所得"，并说"关于曾祺推荐我参加评选之事，你的考证不确"。如果没看，他如何能知晓考证不确？他其实是看了的。或者我刚才的所说，他并没有完全听清楚。但是我依然相信，他是不愿意上我的圈套，不愿意应付我"说好"。"没看！"我就不好逼他表态了。

这个不随和的老人，他简直固执得可爱。他哪里知道，我们这样的年轻人（指在他面前），只是取其中的趣味耳！我们哪里会当真呢！我和这个老人讨价还价，就像同一个孩子斗法，可是这是一个怎样睿智的老孩子！

后来朱自奋对我说，他这样的年纪，是不能开玩笑的。我也感到，是啊，差距太大了。我们之间差距太大了。知识、经历、学养……差得太远。我们这样的年纪，所读的书以及见识、学养，又何以能与黄先生等人好比呢？

我完成了我的使命——我认为是使命，就让位给朱自奋，让她和黄先生去交谈。他们谈了很多，话题很杂。从冯亦代、黄苗子，说到张爱玲的《小团圆》，说到与朱正的争论，说到陈丹青的《荒废集》，说到刚刚去世的林斤澜。

我们知道，今年初，章诒和在《南方周末》连续发表了《卧底》和《谁把聂绀弩送进了监狱?》二文。《卧底》一文揭出翻译家、出版家冯亦代在她家卧底，收集有关她父亲章伯钧的言论，之后向上面报告的事实。而后文则通过解密了的《聂绀弩刑事档案》，揭出黄苗子等人是聂绀弩的告密者。

《卧底》的根据是冯亦代生前以极大的勇气出版的晚年日记《悔余日录》，是冯先生自己公开的。

黄裳说："有勇气。值得肯定。"

之于聂的公案，黄先生说：

"黄苗子说没有看过聂绀弩的诗。现在档案都全部公开了。这个事情是很丢人的事情，不能原谅的。他很主动，很卖力气。这个不好。他不是被迫的，自己要干的。这就不好。"

过一会，黄先生又说："丑事。"

"我看到也大吃一惊。不是年轻人看了，连我们这样的人看了都很吃惊。"

张爱玲的《小团圆》，黄先生是看了的。关于《小团圆》，两人有这样的对话。

"《小团圆》你看了吗?"

"看了。"

"是最近看的吗?"

"是的——讲九林的一段，讲得很真实。"

黄先生说:"它的写法是跳来跳去的。头两章特别难看。"

"你对这个小说会写点什么吗?"

"不会。"

"对张的高度评价，你也是不以为然?"

黄先生不语，过一会说:

"说是颠峰之作，是生意人的炒作——真是滑稽!"

"张爱玲的全集你看能出来吗?"

"能!能出来。现在什么都是可以的。"

关于今年年初黄裳与朱正的争论，已是尽人皆知的。上海拍卖了一本《梅兰芳歌曲集》，说是刘半农赠送给鲁迅的。刘半农在扉页上题辞"品论梨园艺事当作考订北平社会旧史不知君以为如何"，鲁迅也留了题签"迅自留"三个字。关于这些，他们你来我往写了六七篇文章。黄先生的《黄蜂刺》、《不再折腾——答朱正先生》、《还是要折腾》我都看过，朱正的《答黄裳先生》、《黄文炳的鉴定真伪法》、《不通无罪》我也看了。凭我个人印象，不说这个事情的是非曲直,但说做文章,说实话,文笔还是黄先生的老到和自由得多,而且十分的"狡猾"和有经验。

朱自奋问:"你现在是不是后悔写了关于《梅兰芳歌曲集》的文章?"

黄先生说:"没有,没有。"

黄先生说:"鲁迅给许广平的《芥子园画谱》,没有'自留'二字,这就不算鲁迅喜欢的书,而《梅兰芳歌曲集》有'自留'二字,鲁迅日记里没有记,用这种方法判断,这算是什么道理?朱正,很好的人,很老实。但是他不会写文章,一下子就完蛋了!"

话题又转到刚刚去世的林斤澜。

朱自奋问:"林斤澜说,新中国成立五十年来,在语言上,没有人能超过汪曾祺。你怎么看?你同意么?"

黄先生不吱声,之后说:

"废话!"

过一会,又冷不丁说:

"等于放屁!"

朱自奋追问:"你认为谁可比呢?"

黄先生说:"这很难讲。"忽然他又来了一句:"林斤澜,他那一套我不懂!"这句话说得非常有力。我知道黄先生的意思。他是说,林先生的那种写法,他不赞成!

我对朱自奋说:"可能黄先生没听清楚,以为'五四'

以来。"朱自奋又强调了一遍："黄先生，是新中国成立以来，不是'五四'以来。"

黄先生愣了一下，说：

"这还可以。"

过一会又说："马马虎虎。"

他们还谈到止庵的《周作人传》，谈到孙郁的《张中行别传》。在说到传记时，我对黄先生说：

"我这个不能算传记吧？"

他上来一句："这个方式比较好！"

哈哈，他终于是表扬了我一句！这个顽固的老人，他还是上了我的圈套！听到这一句，我的心哪！满是自喜！就像自己的孩子被人夸赞"漂亮！聪明！"，我真的十分感激。

走出黄先生的家，已是五点多钟。到了楼下，因为精力的高度集中和兴奋，人还有些晕晕乎乎，仿佛还沉浸在刚才的氛围之中。是啊，文化确实是有气场的。同这样的文化耆老在一起，即如被人灌了一壶令人晕晕乎乎的陈年老酒，不能自持。站在黄先生陕南村院子里的小洋楼下，这些红墙的古老建筑，仿佛也透出老上海的一派陈旧气息。那门前院外的那棵老榆树（这是黄裳《榆下说书》、《榆下杂说》等书名的由来），枝繁叶茂，浓荫婆娑。院中的蔷薇和月季，开着大大小小的花，月季红得艳丽，蔷薇娇得妩媚。这个黄昏的片刻的寂静，更衬得这一座砖式红楼建筑的院落，愈发的宁静，安详。

附记：
从上海回到合肥，因有些杂事，没有到单位。五月十二日下午，我回到办公室，见一封热信躺在办公桌上。急切拆开：

苏北老兄：

《一汪情深》收到了。翻了翻，近来多忙，等闲下来细读。将《文汇报》上六十年前曾祺佚文收在书后，甚佳，可作全集补遗也。当时笔会编辑是唐弢。我刚从重庆回来，在南京。

我那篇"代序"中有误字，当以发在《读书》上者为准，我看过清样。汪家兄妹对我的"评论"，感之。其实我没有什么成就，你计划的《读黄记》，值不值得写，望考虑。

匆复，即祝近好！

黄裳

二〇〇九年五月七日

信的落款是五月七日。我是五月四日寄出书的。说明信是黄先生收到我的书的当日所写。信中所说"汪家兄妹对我的'评论'"，是我寄书时告诉他，汪朗、汪朝读到他的《也说汪曾祺》的代序，评价甚好。汪朗说黄文对他父亲的评价极为准确，很有见地；汪朝说，简直不敢相信，九十岁的人了，思路如此清晰，笔下如此干净，不可思议。"其实我没有什么成就，你计划的《读黄记》，值不值得写，望考虑。"是我信中说，有可能的话，我将集中阅读他的文字，边读边记心得，这样让岁月去记录，也许可写一本《读黄记》。

黄先生所用的信封，是那种两毛钱一只的极普通的信封。可洁白干净，上面只有先生几行娟秀的小字。信却是写在一种专门的信笺之上。那是一种浅黄色的有暗纹的信笺。一封短信，竖行，却疏朗有致，恰如一帧笺帖。文字颇有书卷气，又是十分的简约。与老人交谈，看似木讷至极（其实并非如此），写起信来，却笔下灵动。近一个世纪的功夫，都在笔端，看了让人心中温暖。

原刊《大家》二○○九年第四期

黄裳走后

九月三日,我在日记中写道:"很久没有与黄先生联系了。可以给先生寄两盒茶叶。这是必须的。"我已多日不记日记。

九月五日,我出差宁波,上海周毅给我短信:"黄裳病重,你也许可以去看看他。"几个小时后,又收到周毅短信:"刚悉黄裳走了。"

一时无语。

黄裳先生走了,九十三岁。

我与黄先生谈不上非常熟识。二〇〇七年建立通信关系;二〇〇九年五月,在上海,到陕西南路陕南村拜访过先生一次。前后交往四五年的时间。

给黄先生写信,主要是因为我写《一汪情深:回忆汪曾祺先生》,我对他们一九四七至一九四八年的那段生活颇感兴趣,就冒昧给先生写信,没想先生极为热情,信写得又快又好。后听人说起,先生是喜欢写信的,但也是在有话可说的情况下。没有话,或者不适合,是断断不会得到他的回信的。

黄先生给我回了信。这封信是我给黄先生寄了《一汪情深》后,他的回信。信中我说:"有可能的话,我将集中阅读你的文字,边读边记心得,这样让岁月去记录,也许可写一本《读黄记》。"可先生回信却说:"值不值得写,望考虑。"简短几个字,就见出一个人境界的高低。

可是,真写起来,我有这个能力么?恐怕是要打个问号的。

黄先生逝世第五日,我到书店收罗他的书。在图书城,查到《来燕榭文存二编》,有三本存货,分类在文学理论。可是售货员找起来,竟不能得。前后用了近半小时,翻箱倒柜,书柜下面的抽屉都抽了出来,只搜出几只蟑螂。倒是在墙边准备退货的塑料箱中,给我翻出《旧戏新谈》来。也不用退了,就给我吧。

这是本城最大的书店。这也许只是偶然。我们不得不承认这样的事实:一方面,读者是如此的喜欢黄裳的文章,以至出现数不清的"黄迷";另一方面,图书的市场,前景是如此堪忧。这是题外话。当然,我换了一家小型的民营书店,还是如愿买到了《来燕榭文存二编》。

人走了,读他的书似乎更迫切。这就像一样东西得不到,心中便十二分的爱惜。我翻看这本有着米黄色封面的、雅致的新书,犹如见到一个新人,或者是与旧友在雨后的林中漫步。我前后翻看，感到这真是一个相当有活力的、充沛的生命。可以说，黄裳是极度热爱写作的，终生不移。他自己说过："我是有强烈的发表欲的。"可贵的是，这样的一种活力，能一直保持到晚年。数数《二编》里的四十七篇文章，除仅有的几篇旧作外，全部是近两年的新作，也就是九十岁后的作品，真正是不折不扣的"活到老写到老"。

这几天，我把分别插在几个不同书橱里的先生的书，统统收罗起来。《过去的足迹》、《春夜随笔》、《榆下说书》、《翠墨集》、《银鱼集》、《河里子集》、《珠还记幸》、《黄裳自述》、《来燕榭少作五种》、《海上乱弹》，等等，数数竟有二十多本。有些还有先生的题字。先生在《过去的足迹》的扉页上题"为苏北老兄题。黄裳，己丑夏"。那透着一辈子书写气息的文字，立在你面前，犹见其人。

将这些大大小小的书摊开，又摞起。翻看每册的目录，发现自己竟有那么多的篇章没有读过，或者读过已遗忘殆尽。我手指在目录间游走：《白门秋柳》、《雨湖》、《海滨消夏记》、《老板》、《琉璃厂》、《跋永玉书一通》、《京尘琐录》、《也说汪曾祺》……那些文字在纸面上都凸显出来，自由活动起来，仿佛此时才觉出了这些文字的好来。多年的阅读经验告诉我，此时的阅读才是最有效的，想必生命中的那一点点灵光一闪的神秘，都游弋了出来，使自己像女性一样灵性透明。我仿佛是在一场考试之前，大段大段吞食这样的文字:"西湖只是一片烟雨迷蒙,好像'元四家'哪位画师,用醮饱了水墨的画笔,狠狠地横扫过去,就成了眼前的光景。"(《雨湖》)"从小爱读《红楼梦》,迄今仍不忍去手。常置一卷于枕畔,随意选一节读之,无不欣悦。"(《读〈红楼梦札记〉》)"我与曾祺年少相逢,得一日之欢;晚岁两地违离,形迹浸疏,心事难知……"(《也说汪曾祺》)

在《伤逝——怀念巴金老人》和《忆丁聪》两篇怀念文章中,黄先生给我们留下了十分美妙的结尾。短促有力,显出神来之笔。在《忆丁聪》中,他叙述了与丁聪相识、相知以及丁聪赠画等故事,不长的一篇小文,最后的结尾却是"小丁,从此别了"。这一句干脆利落,却感情绵厚;而在怀巴金的文中,则一句"掷笔惘然",如惊天之雷,戛然而止,留下无限的沉思。

好像王元化先生说过:"黄裳是真正的文章高手……很难有人超过他。"也许这只是元化先生的一家之言,我们不去评说。作为一个喜爱黄裳文章的一般读者,我们只是感性地阅读。读出好来,就叫一声。如此而已。

黄先生给我的信,我已包扎归于一处。前两日,我又取出。重温那些透着生命体温的、娟秀字迹的信,如见其人。黄永玉曾说黄裳"写信时不那么认真,所以极潇洒,字随文活,读来有好几种的快乐"。

我读黄先生的信,也有着同样的快乐,并多一份宁静与玲珑之心。二〇〇八年,我给先生寄了一点茶叶,先生来信说:"佳茗一箱,真为厚赐。春来沪杭诸友,纷纷以新茶见赐,拙居遂如茶叶店,今更得新品,不知何时始能啜尽也。"文字中的顽皮与快慰,竟相尽现,这样的信,读之令人欣喜。在另一封信中,先生诉苦:"最近苦于为人签名,且须寄回,跑邮局。窃以为此亦多事,不可取,尊意如何?"一副无奈又无助的滑稽俏皮模样。

黄裳先生写信,是一直习惯于竖行。有时用那种极薄的印有暗花纹的专用笺纸,那纤秀俊逸的文字,被这种优雅的纸衬着,在一种古旧气氛下,真可以每幅都能装裱成一帖耐品的手札了。正如黄先生自己所说,有些书信,"都是绝妙的散文"。

这样的书信,在人走之后,再去阅读,又多出一种难言的滋味。说不好是苍凉,也说不好是惋惜和悲怆。一人灯下静读,不觉会眼湿,流出一颗清泪来。

我在《来燕榭文存二编》的扉页记下了如此的话:

> 黄先生走了,作为一个人的是是非非也随之结束。之后他的名字,将和他留下的作品联系在一起,其余一切,皆为"浮云"。

黄先生走了,才忽然深感到先生的文字的纯粹与雅致,温暖与笃实。在以后的漫漫长日中,只有静静地阅读先生的文字，以追记矣。

这样迟来的感受，却是在黄裳走后。

补记：

九月十一日上午，在上海龙华殡仪馆云瀚厅，举行了一个小型的黄裳先生遗体告别仪式。黄裳先生的家人和来自上海、江苏、浙江、安徽等地的朋友与读者为黄裳先生送行。大家肃穆而安静，以舒缓的古典音乐为背景，都用心地做着，体现生者对死者的敬重。

中午，在巨鹿路吃饭。饭间，我问陆灏："黄裳先生个头有多高？"陆灏摇摇头："不知道。"

有人说："一米五几吧？"

又有人说："一米六几。"

陈子善先生说："不会的。人老了缩了。"但子善先生也说不出具体的数字。

我又问："那，巴金呢？他与巴金谁高？"

有人说："巴金一米七四。"

有人反问："没有吧？"

那人说："是的。有人曾说巴金一米六几，他的女儿有意见（此处未考证），说，一米七四，有体检报告！"

我又问："黄永玉多高？黄裳与黄永玉谁高？"

还是没有人回答出来。大家埋头吃饭。看来，迷恋文字的这些人，不如追星的，他们能将自己的"偶像"的年龄、身高、血型和星座，弄得清清楚楚，甚至口味喜好、哪儿有个痦子，都一清二楚。喜欢文字的人没有追明星的人专业啊。

这说明一个问题：迷恋文学的"追星"，可能更主要的在思想和精神的层面，而不在表象。

我们既然对黄裳喜爱，还是去多读他的书吧。

二〇一二年九月十一日，参加黄裳先生遗体告别仪式，回合肥家中作。

原刊《北京晚报》二〇一二年九月十五日

和丁聪的一面之缘

对一个人有感情,就会做出不同寻常的举止来。比如那一天在爱知书店,我一下子就买了三联出的、丁聪的漫画系列:《古趣图》、《讽刺画》、《插图集》等五六本书,就是因为我曾拜访过他一次,见过一面。

见了他一面就喜欢上了他,因为他一点不把我当外人。也许是因为汪曾祺让我去的。"不把我当外人",是我自己的感觉,我的根据是在他家客厅的沙发上坐下来,他就跟我聊。而且说话直接,我有强烈印象的几句话是:

"从'反右'到'文革',我二十二年没画画,一九七九年才开始画,我解放得最晚。——现在是忙得够呛。本来该休息了,可是考虑快死了,再挤一点时间。"

仿佛把我当成个说话的"对象"。他对我说这些话时是十年前。他一九一六年生人,已是八十一岁。可他一点都不忌讳死。他把死挂在嘴上,还讲得那么坦然。这样率真的人,我感觉是没有什么心计的。所以有很多文章说他是"老顽童",我认同。也许因为他的精力都用在画画上。别的事，他都不大在意，或者不去关心。人的能量是守恒的。

我去丁府的理由还是很充分的。因为那时他正同汪曾祺联手为《南方周末》开专栏"四时佳兴"，一周一期，汪曾祺写一文，丁聪画一画，登在该报的一版左下角。《南方周末》的开栏语说"这是一个一百五十岁的专栏"（其实二老合龄已一百五十八岁）。专栏开设不久，即引起很好的反响，成了招牌栏目。那天我去汪先生家办什么事，临走时，汪先生对我说，"你把这几篇稿子带给丁聪去插图"。丁聪住西三环昌运宫，我在公主坟，距离很近。这真是个"凑四合六的买卖"。汪先生省了邮寄的麻烦，我则乐于当这个差。

去前我给丁先生家先打了电话，并带上老家人刚给我带来的两只热乎乎的符离集烧鸡。揣上汪先生的手稿，骑上自行车就理直气壮地去了。

进门坐下，知道他马上要出门。说是黄永玉从国外回来，在朝阳（区）有个聚会，还让他顺便去接冯亦代。于是我坐着就不安，说几句话就要走，可是丁先生一点都不急，一个劲地让我再坐一会，时间还有。于是我坐在那听他说。他问了我一些工作的情况。我则说是通过读老舍的《骆驼祥子》而记住了丁聪这个名字。说到老舍，丁先生来劲了："老舍的书都是要我来插图，《二马》、《骆驼祥子》、《离婚》、《四世同堂》，都是我插的。"我们说话时，老太太一个劲地看钟，可丁先生正说到高兴处。"家长"可以训

"家员"（家庭成员），但不能在我这个客人面前发作。于是我且听且看，眼睛盯着墙上的一幅画：那是黄永玉的手笔，画面上丁聪满面红光，胖乎乎的，坐在地上，斜倚在一块卧石之侧，黄苗子在顶端题了一款"丁聪拜美石，美石拜丁聪……"下面一款是黄永玉题的，具体内容我记不清了。丁先生说，这幅画是一九九五年一次聚会酒后画的，大家兴致所至。我和丁先生又聊了一会，估摸他们也该出门了，便起身告辞。

我帮汪先生送的手稿是《闻一多先生上课》、《才子赵树理》、《唐立厂先生》、《面茶》。两个月后，汪先生就去世了。

我在丁聪家的那一回是一九九七年三月，那时他就说"死"。十二年过去了，如今这个见到我这个生人就说"死"的人，真的死了。他死前留下遗嘱：不举行告别仪式，不要骨灰。他看来是真的不怕死的。走时，他已是九十三岁，这是很高的寿命。可是我看到消息，依然心中一片冰凉。这么一个开朗乐观的老人，还是死了。因为我们是真的舍不得他死。

原刊《文学报》二〇〇九年六月四日

朴素的季羡林

我非常喜欢季羡林先生。不管别人给他戴上多高的帽子，什么"国学大师"、"学界泰斗"、"国宝"，等等。我没有见过季先生本人，但我通过读他的书，和看他的一些访谈，就十分崇敬和喜欢他。我觉得他是一个诚实的人（诚实是一件多么不容易的事），一个严谨的学者，一个忠厚的老人。他不耍花枪，简单明白。他自己说他做人的底线是："假话全不说，真话不全说。"我看季先生是真正做到了。

我读他的文章，是发自内心的喜欢。他的文章，才不是"做"文章，他就那么娓娓道来，亲切自然。他的文字简单明白，是真正的白描。他的《老年十忌》，是在《新民晚报》上的专栏，我一篇一篇看，之后剪下来。这大约是十年前的事。我读这些文字，也才三十多岁，可我一点不感到"隔"，反而十分亲切。他的开篇之作《一忌说话太多》，提笔就来："说话，除了哑巴以外，是每人每天必有的行动。"态度十分亲切，且文字如孩童，不经意中显出欣喜之色，仿佛让人可以看到那个说话的和蔼老人。

前年他的《病榻杂记》，还没见书，我就在《文汇报》上读到了《在病中》一节。光看那些小标题，就让人心生欣喜："西苑二进宫"、"西苑三进宫"、"张衡插曲"、"皮肤科群星谱"、"英雄小聚义"、"死的浮想"。个个活灵活现，仿佛是笔记小品，言辞中暗含小小的幽默和俏皮，通篇洋溢着开朗、达观的人生态度。

季先生的书现在出得是很多了。有的印得如砖头一般厚，字又密密麻麻小得如蚂蚁。我最喜欢的一本，是《二月兰》。这本书装帧也好，所选文字也好。疏疏朗朗，是我最爱看的一本。我无端地想，季先生本人，也许也是喜欢这本书的。另一本《牛棚杂记》，是绿封皮的，也是十分的好。《牛棚杂记》，虽然看似写得轻松，"没有气，没有刺"（季先生语），可真是隐藏着巨大的沉痛。正如季先生本人所说："这一本小书是用血换来的，是和泪写成的。能够活着把它写出来，是我毕生的最大幸福，是我留给后代的最佳礼品。"

季先生做的那些学问，什么梵文、吐火罗文，我是真的不懂。我想，除了我，还有许多人不懂。但这没有关系，一点也不影响我们理解季先生，认识季先生。我们通过读他的人生经历，思想随笔，我们看到了一个高尚的灵魂，一个真正的大家风范的人。我曾经自我得意地说过一句"名言"：一个人当他取得了一定的成就之后，最后所能够拼的，并不在那些成就，而是人生的境界。

　　我说我喜欢季先生，除喜欢他的那些看似浅显明白，却是充满了人生睿智的文字之外，更喜欢的是，季先生的人生境界，那种大家风范和高尚的情操。

　　如今这个老人说走就走了。他走得绝倔，走得不容一丝商量。正像他的性格，不拖泥带水，也不愿给人添麻烦。他在《九十述怀》中说："可是我活得太久了，活得太累了。歌德暮年在一首著名的小诗中想到休息，我也真想休息一下了。"

　　这一回先生如愿了，而我们却有无限的悲伤。我们是不愿他死的。他还没有为我们写《百岁述怀》，更可况"相期以茶"呢！

　　好在先生虽走了，他的精神却是永存的。

原刊《大公报》二〇〇九年七月二十三日

有关季先生的趣事

季羡林先生洋洋二十四万言的《病榻杂记》即将由新世界出版社出版,《文汇报》有能耐,以"在病中"为题,用整版篇幅抢先发表了一部分。我连读两遍,有说不得的快乐。我此时的感觉,正如季先生病房里的小护士所说,她在回家的路上,一气读了季先生五篇散文,"觉得自己的思想感情有向上的感觉"。

我拥有季先生的著作三四本,一本《牛棚杂记》、一本《二月兰》,还有一本薄薄的《梦萦未名湖》。我对季先生有"强烈感觉"是《新民晚报》给季先生开的"论老年"专栏,发了大约有十来篇,每篇也只千字左右。但语言亲切,态度平易,对世事之旷达,让我心中时时有所动。

过不多时,季先生言犹未尽,又一气写了"老年十忌",说老年人,一忌话多,二忌卖老,三忌僵化,四忌不服老,五忌无所事事,六忌提当年勇,七忌自我封闭,八忌叹老嗟贫,九忌老想到死,十忌愤世嫉俗。忌忌言真意切,我虽非老年,然读来之妥帖,使我只有用佛家语默诵,善哉,善哉。

这里不妨摘录"提当年勇"一节:"我做了一个梦。我驾着祥云或别的什么云,飞上了天宫,在凌霄宝殿多功能厅里,参加了一个务虚会。第一个发言的是项羽。他历数早年指挥雄师数十万,横行天下,各路诸侯皆俯首称臣,他是诸侯盟主,颐指气使,没有敢违抗者。鸿门设宴,吓得刘邦像一只小耗子一般。说到尽兴处,手舞足蹈,吐沫星子乱溅。这时忽然站起来一位天神,问项羽:四面楚歌,乌江自刎是怎么一回事呀?项羽立即垂下了脑袋,仿佛是一个泄了气的皮球。"之后是吕布关羽发言。无非是戏貂蝉杀董卓到白门楼下跪,过五关斩六将到夜走麦城。

读之令人失笑。且慢!先生之后道:运动员有一句口头禅,从零开始。不管冠军多么灿烂,一旦到手,即成过去。

什么叫娓娓道来?这就叫娓娓道来。态度亲切,举重若轻,绝不拿腔作势,谈笑之间,世理自现。

其实评论季先生的文字,是一件危险的事,也是愚蠢的。读季先生的文字,最好的方式是"不语","冷暖自知"。你若昨晚酒后沉醉,翌日晨起,一壶沸水酽茶,就上一段季先生的文字,应该是相当受用的。你若急火攻心,心浮气躁,你想静下来,读一段季先生的文字,也是管用的。你枯坐无事,春晨乍起,秋暮微寒,冷冬焐雪,都是读季先生的好时候。这样的文字最适合闲览。它不可适用,只可养性。

比如我现在读《在病中》,就把椅子调整到恰当的位置,半躺半坐,眼镜或推到脑门,或悬于颏下,报纸贴到眼前,一个字一个字下来,我就进去了。读完心中觉得有说不出的好。我想,《病榻杂记》当为经典。它会是中国式的《蒙田随笔》,或《培根论人生》。就这则"病中杂记"就甚有趣,所拟小题也是说不得的好:"西苑医院","西苑二进宫","西苑三进宫","三○一医院","英雄小聚义","死的浮想","奇迹的出现","反躬自省","天上人间","辞国学大师","辞学术泰斗","辞国宝","我的真面目"……在"这样的日子好过吗"一节里,季先生说,他患了老年慢性瘙痒症,两手两脚上布满了泡泡和黑痂。然而客人依然不断,采访的、录音的、录像的,络绎不绝,季先生说:"客人一到,我不敢伸手同人家握手,道歉的话一天不知说了多少遍,简直可以录音播放。我最怕的还不是说话,而是照相,然而照相又偏偏成了应有之仪,有不少人就是为了照一张相,不远千里跋涉而来。从前照相,我可以大大方方,端坐在那里,装模作样,电光一闪,大功告成。现在我却嫌我多长了两只手。因此,我一听照相就觳觫不安,赶紧把双手藏在背后,还得勉强'笑一笑'哩。这样日子好过吗?"

哈哈,超然淡定,散漫之至。一点不让我们读者紧张,还要让我们会心一笑。可是季先生的"勉强'笑一笑'哩"里,包含多少人生况味!

这样的文字,让我们知道,什么是境界。是啊,当大家的学术地位确定之后,可以拼的,大概就是这个所谓的境界了吧。

我绕来绕去,还没有说正题呢!趣事也不定有趣,但是确确凿凿。上个世纪九十年代中期,看,吓人了吧!就是十年前吧,我在北京一家小报帮忙,一次与一同事说到北大。我说季先生了不起(绝不是我高明)。那位同事说,了不起,他怎么不知道!其实我也是只知道先生研究梵文,其余也是一概不知。我于是说,是大家。那位同事喜抬扛出了名,说,他只知道余秋雨,不知道一个季羡林。(我无意于拿季先生和余先生作比较,只是说这个事。)说话时已晚上十点多,于是他拿起电话,一个一个拨过去,开口就问:"你知道季羡林么?"四五个电话过去,都说不知道。这一下我这位抬杠同事说了,我不知道是我无知,这么多人不知道,难道他们也都无知?弄得无话可说,我像白痴一样还在那里争辩。可是同事已一脸的不屑了。

第二天晨起,我这位同事还不依不饶,拦住上班的第一人:"你知道季羡林么?"吓人家一跳!人家受了惊吓,莫名其妙地摇摇头:不知道。问到第三个人,是一位北大历史系毕业生,他说,"知道啊,是我们的副校长"。至此他才收住,说:"我问了十几个人,只一个人知道,还是北大。你说的这个名人,大概也就是北大名人了!"

我也是无厘头。这是趣事么？说这话有什么意义？可趣事一定要有意义么？只是现在提起季先生，大家会都知道一些的吧。

原刊《大家》二〇〇七年第三期

寂寞孙犁

孙犁是甘于寂寞的。

这个世界上假寂寞的很多。真正寂寞的人并不多。真正甘于寂寞的没几个人。我知道的,孙犁是甘于寂寞的,而且是自甘寂寞。

孙犁无疑是最优秀的作家。这是不容置疑的。我十八岁迷上文学就是从孙犁开始的,《荷花淀》让我痴迷:

> 月亮升起来,院子里凉爽得很,干净得很,白天破好的苇眉子潮润润的,正好编席。女人坐在小院当中,手指上缠绞着柔滑修长的苇眉子。苇眉子又薄又细,在她怀里跳跃着。

"在怀里跳跃着"让人感动。孙犁是白描的,孙犁是干净的,是简洁的。董解元说"冷淡清虚最难做",我写了十几年,虽毫无成就,但我对自己的阅读能力是自信的。这个暑天我在读一组作家：董桥、黄裳、孙犁，都是大师级人物，我是带着一种虔诚的心去读的。然我的心中是自有臧否的。董桥太华丽，读《旧日红》、《云姑》、《古庙》等篇什，彷佛是在吃一块涂了过多奶油的甜心，太腻，有贵族味；而黄裳我是能接受的，虽在文中注入过多的文史的知识，对我辈"文革"中长大的人，是一个障碍，但仍是清新可爱的；独孙犁化传统为通俗，大俗大雅，从不吊书袋子。读他的书，彷佛一个戴着一顶旧草帽的可爱的老人，在那同你随意聊着，一不留意，给你一个会心的微笑。但凡识得几筐大字的人，看孙犁文章，简直没什么难的，彷佛玄机全无。倘若自己来一试，却满不是那个味。不是经过训练的人，是不会真正读懂孙犁的。

孙犁的作品，影响了中国当代一大批的作家，其中包括汪曾祺。汪先生成名后说过：外国作家对他影响较大的有阿左林、契诃夫、伍尔夫，古代作家有归有光，现代作家是鲁迅、沈从文、废名。其实，还应加上孙犁。只是汪先生自己后来名气也不小了，有点不好意思说，觉得孙犁同他年龄差不了多少，说出来有点"丢份子"。

汪曾祺晚年受王好为之托，曾将孙犁的《荷花淀》改编成电影剧本，老头子可算是下了功夫的。《荷花淀》同《受戒》、《大淖记事》这一脉，是那种很特别很含蓄的东西，改成电影剧本，谈何容易？可剧本写出了，却筹不到资金，最后还是没有拍出来。汪先生第一部也是最后一部电影文学作品，终于只能以纸质方式供人阅读。

我当年迷孙犁迷昏了头，就像现在的小女孩迷周迅、迷周杰伦、迷萧亚轩（我的女儿只要一听到《爱的主打歌》的旋律，身体便无法控制地摆动起来）。二十岁（一九八二年）的时候曾给孙犁写过一封信，信的内容我现在已记不起来，大抵是说我对他作品的喜爱和阅读感受，寄到当时的《天津日报》，企盼能得到孙犁的一封回信。我的梦想当然落空了，但我对孙犁的热爱一分也没减少。那个时候孙犁经常在《人民日报》和《光明日报》的副刊发些回忆性的文字，像《亡人逸事》、《芸斋琐谈》、《删去的文字》、《吃粥有感》，等等，后来集成《尺泽集》、《晚华集》、《秀露集》、《澹定集》，那时我是每篇都剪下来，之后一篇一篇贴在一个大本子上，编上号，在边上写一些读后感之类的文字。到了上个世纪九十代，孙犁因身体一直不好，不会客，不出席任何活动，生活极其简单，旧衣箪食，完全过的是一种"清心寡欲"的生活。正如孙犁自己所说的"淡泊晚年，无竞无争。抱残守阙，以安以宁"。这是一个十分倔强、固执的老人，绝不随"缘"，对自己几乎到了苛刻的程度。

孙犁和汪曾祺是一致的。他们追求的不是深刻，是和谐；不是繁华文丽，是简洁通俗。通俗而不媚俗，是大雅之后的大俗,是"通",是"化"。可这样的追求是不讨好的,是寂寞的。

凡成大器者,必能承受大寂寞。

原刊《天津日报》二〇一三年五月十四日

《芸斋小说》与明净的书

有一种书,让人心颤。它给人的不是那种强烈的感受,它只是让人的情绪有小小的起伏,抑或是小小的惊喜。比如周作人的《雨天的书》、废名的《桥》、沈从文的《湘行散记》。这种书的特点是可以随时去翻的,同时作为阅读者,也对你的阅读的能力,有小小的要求。你是否能够理解这样的书,你是否能够对作者的心思有所会意?我的手头就有这样的两本书,孙犁晚年的《芸斋小说》和李延青的《鲤鱼川随记》,它们实在是早间的一壶清茶。

最近读到一则写孙犁的论文,十分会心。说孙犁晚年"清白、清醒",真是颇有见地。我手头的这本《芸斋小说》,是孙犁晚年"清白、清醒"的见证。这是一本薄薄的小册子。浅黄色的封面,十分素净,不知谁人用毛笔,淡墨题写了《芸斋小说》四字。内文所收《鸡缸》、《女相士》、《三马》、《亡人逸事》、《无花果》、《鱼苇之事》等篇什,反复去看,无以言说。在《无花果》一篇,我用钢笔在一段话下面,打了十几个大大的感叹号!

这段话是这样的：

> 她把果子轻轻掰开，把一半送进我的口中，然后把另一半放进自己的嘴内。这时，我突然看到她那皓齿红唇，嫣然一笑。

隔了一段（其实也不能算一段，只是短短的二十个字），他又写道：

> 吃了这半个无花果，最初几天，精神很好。不久，我又感到，这是自寻烦恼，自讨苦吃，平空添加了一些感情上的纠缠……

半个无花果！看到一个年轻女性的嘴内……皓齿红唇，嫣然一笑……这个孙犁，其实是多么的多情！他并不似后来人说的，"深居简出，脾气古怪"。他是十分的多情善感呀！没有丰富的情感和一颗敏感的心，又何以年轻的他，就写出《荷花淀》、《芦花荡》中的丰满的女性形象！

贾平凹说孙犁："作品的明净崇高，孙犁是第一人。"这是见地之言。是的，孙犁写文章，从来是能发表就好，不论在什么报刊、报刊的什么位置。孙犁是什么都能写，写出来就是文学。他的一生，凡是白纸上写的黑字，都敢堂而皇之地收在文集里。这大概也就是孙犁了！

孙犁的作品是"直通心灵"的。孙犁晚年，来了客人，他都会送一本《风云初记》，再就是《芸斋小说》。他说："我的一生，全在这两本书里。"阎纲说孙犁，"语言像蜜糖一样"，文字达到炉火纯青的境界。孙犁的文字，才是真正的行云流水。精粹的白描，真可谓妇孺皆宜，雅俗共赏。

评价孙犁的语言和文字是徒劳和不讨好的。因为孙犁的文字在那里，就像山，像水，你登上去，涉过去，就行了。他不作怪，不试验，不弄技巧。读完之后，你只有会心，只有摇头摆尾的享受。要说，如何去说呢？也只有像小品中说的：好！好！鼓掌！有时连鼓掌的份也没有，因为你感叹，你已愣在那里了。

《鲤鱼川随记》是李延青在冀西山乡的生活记忆，又恰是一本轻与重同在的书。说它轻，它只是片断，是小文章，它不是那种让人产生强烈感觉的书，但绝不寡淡无味。说它重，是它丰富庞杂，十分充沛，风俗世相，地缘景致，生死劳作，风物四季，涉笔成趣。全书短文两百余篇，处处透射出作者充满诗意和爱意的目光。《拾杏核》、《羊腥》、《咬》、《梦》、《树木》、《间苗》，简直就是"风物志"。《老鼠娶媳妇》，看后让人失笑。《农妇》中，那个蓬头垢面的妇女，给丈夫打两个荷包鸡蛋，看着他吃完去上工，在这种平常的小事中，发现了贫贱夫妻的另一种美。《芳香》、《旭日》、《云》，则将鲤鱼川山川地貌、四季春秋描摹得十分优美温暖，让人读出作者对这片土地的眷顾和深深的爱。

将书前后翻翻,你真是爱不释手,那些文字,仿佛是鲤鱼川的一本《民俗博物志》,抑或是鲤鱼川的一幅《清明上河图》。

这样的书是可以随时翻一翻的。它就像雨后秋晨满地黄叶安静的森林,像没有粉脂和浓妆的初长成的少女,像草原上雨后的晴天,像冬天清晨,农家小院里一夜初降的新雪,像初春枝头刚刚绽放的花蕊。好的文字就是这样,它又仿若年轻女人的乳房,结实、饱满,温软而有弹性。《鲤鱼川随记》就是这样的一本书。一本让人心生欢喜的书。

这两本书,像我拥有的另一本书《岁朝清供》(汪曾祺著)一样,也是可以随手去翻的。《岁朝清供》我就放在车上。城市的道路中遇上红灯,随便翻到一页,有时也只是读几行,抑或是几个字,但你仍可感到会心的快乐。那些文字是活的,是有灵性的。正像一个女性朋友给我打的比方:那些文字,不是那种满眼小蝌蚪似的,挤挤挨挨,让人眼晕;而是仿佛诸葛亮手拿鹅毛扇,徐徐出场,特别地疏朗,让人安静和顿生骀荡。

原刊《解放日报》二〇一〇年八月二十八日

无比的寂寞与苍凉:悼林斤澜

去了皖西一个叫石板冲的地方。两天来与泥土、树木为伍,不闻世事。一进家门,当会计的妻子说,告诉你吧,林斤澜去世了。我嘴里"啊呀呀!",脸上跟着变了色,心立马沉了下来。

我知道林先生自去年以来住了几次院。但我想不到他会走了。去年底,我将我写的《一汪情深:回忆汪曾祺先生》书稿特快寄给他,想请他给写个序。我信中写道:"先生您给看看,方便中给写个八九百字的短序。您近来身体好吧,可不敢太麻烦啊。我若赴京,再专程登门看您。"信写出后长时间没有回音。我心中嘀咕:地址不会错吧?——"香炉营东巷二号院",是林先生自己写给我的;林先生不会不理我吧?这是不可能的。凭我的个人感受,林先生对我是相当友好的。而且,有那么一点点,——欣赏!于是我便安下心等,没想到等来的却是原信退回。这样我便给汪曾祺的小女儿、我称之为大姐的汪朝发短信。汪朝说,林先生年内住了几次院。我问怎么回事。她说,还是老问题，肺。我是知道的，我的岳父就是这样走的，相当麻烦。老年衰竭性的，没有好办法，只有保，根治还没有途径。知道了这些情况，我心中便有了底，等等再说吧，下次到北京，到他府上去再说。

我之所以有把握说这样的话，是我前年五月在北京见到他，他的精神很好，可以说是精神矍铄。那天在鲁迅博物馆的满是林荫的院子里，散散的有十几位来参加纪念汪曾祺逝世十周年座谈会的嘉宾，三三两两站在那儿寒暄。林先生从大门走进来，远远地就看见了我。其实我们已经有十年没见过面，只是通过几次电话，可林先生走过来，拉着我的手，说："苏北，你写曾祺的那些文章，我都看到了，很有感情。"他说话总是笑呵呵的，甚是亲切。我很感动，因为他还注意报章上的这些小文章；再看他人，脸色很好，面颊上红白相间，一头银发浓密服帖。他衬衣外罩着一件灰色小马夹，人清清爽爽的，给人感觉很是精神。

会议开始后，主持人请林先生先讲。林先生说："我生病在医院里。醒来，看见曾祺的人，他就不过来。我说：'你过来，你过来。'他就不过来。他就在那儿说，仿佛这个人就在那儿坐着呢！"

林先生说，"一个叫美学需要，一个叫社会效果。这两个，曾祺都达到了。曾祺晚年写的《聊斋新义》，十几篇文章，我就想：年轻的同志要多琢磨琢磨，这里面有些名堂……都说曾祺'下笔如有神'，我琢磨神在高雅与通俗兼得"。

一贯的林斤澜风格。说话和文字一样的风格。因为是这么一个思维的方式。我见林先生思维清晰,人亦颇为精神。"死"这样的一个字,离林先生还远着呢!我哪里知道,情况是如此的严重!老人是如此的脆弱!这么一位亲切和睿智的林先生,这一去,再也不复返了!

我读林斤澜可以说还是蛮早的,上世纪八十年代。特别喜欢的,是林斤澜求变的时期,他开始写小说《矮凳桥风情》。这些小说都有一股特别的"味"。什么"味"呢?汪曾祺说是"涩"。初读《矮凳桥风情》,有时被读得一头雾水,恍兮惚兮,像梵高的画,色彩迷幻。林先生自己倒有一套理论:"我写的人和事,自己也弄不明白。""我都懂了,我还写它干吗呀!"汪先生评林斤澜:"冷淡清虚最难做。——斤澜珍重!"言语之间充满深情。对林先生文字有大理解的,我以为是孙郁。他写的《林斤澜的本色》和《林斤澜片议》,很有见地,都很好。孙郁说:"他善于写神秘的短章,表达时跳跃闪动,从不一条路走下去,一笔双影,一腔二调,一身两形。""读他的作品,有时也像民国文人的笔记,野史与乡邦文献尽入其眼,加之野狐禅的讥诮,使文章如暮色中的乡间古道,影影绰绰之间,闪着神秘的光,让人有无限的遐想。"说出了林斤澜自己的苦闷,不解,恍惚;不确定性,打水漂的飘忽感。林斤澜早期的小说并不好,在他求变之后,使他的文字有了一种全新的、别样的感觉。他的《小说说小》，也是很好的文论，写得很有情趣。从中也可以看出林斤澜读书和知识积累的脉络，对了解林先生，是一把极好的钥匙。可惜这本书现在已不多见。

林先生曾为我工作的报纸写过两篇短文，都是写孩子的。手稿中圈圈点点，改动甚多，可是给人的感觉还是干净清爽。稿件的整洁与否，并不在卷面改动多少，而在于那些改动和牵出的线条、文字，有没有书卷气。"书卷气"如何感觉？这也只有你自己去感觉罢了。可惜那些手稿当时交给校对，并没有要回保留。稿件中的附信也不知了去向，现在能见到的，似乎就是夹在一本什么书里的信封了。

我痛惜，我遗憾，由于散漫和疏懒，没能早些时候让林先生为我写下一点文字；也痛惜到北京时，多往来于无聊的应酬，而没能常去林先生府上，多聆听聆听他的教诲。总以为日子还早，以后再说。而一旦失去了，才知道去珍惜。

林先生的女儿说，林先生是笑着走的，因为一向乐观的他不喜欢别人在身边哭哭啼啼。我倒是要说，这一回老哥俩终于是见面了。人们都说，林斤澜和汪曾祺是"文坛双璧"。他们的友谊是外人难以深晓的。汪先生去世后，林先生少了一个可深谈的朋友，内心无比寂寞。

还是林先生自己说的："我生病在医院里。醒来，看见曾祺的人，他就不过来。我说：'你过来，你过来。'他就不过来。他就在那儿说。仿佛这个人就在那儿坐着呢!"

这一回,林先生自己过去了。而我们的内心,却充满着无比的苍凉和寂寞。

原刊《文汇报》二〇〇九年五月十四日

"天下最不会写文章的人"走了:小忆范用

我其实岁数还不大,可是我的心态仿佛是老了。平常的一天上班,打开报纸和网络,一不留神,看到一个标题:某某去世。比如近两年,丁聪去世、林斤澜去世、吴冠中去世。我一眼看到,嘴里都会失口叫道:啊呀!之后便会心中一沉,心下忧郁起来。今天上班,一切正常,照例是会浏览一下网络的,在新浪读书,不起眼的文化栏目有一标题:三联书店前总经理范用去世。我一眼溜到,心下立马一惊,赶紧打开内文:照例一张生活照,之后便告诉你九月十四日十七时四十分,著名出版人范用先生因肺功能衰竭去世,享年八十七岁。

我心中的悲凉,说不清是什么感觉。说句不恰当的话,仿佛有一种兔死狐悲的感觉。可是我与这些文化老人,有什么"兔"与"狐"的关系呢?但我这种感觉是真实的。我对他们一个一个的离去,只有深深的惋惜。

我与范用先生其实只见过一面。一九九三或一九九四年吧,我的朋友龙冬一天对我说,"我带你到范用家去玩一下吧"。我记得好像是在北京东城区的一个什么地方,七拐八弯,在一个胡同,敲开了范先生家的门。范先生精瘦小巧,但精神出奇的好。他为我们让坐沏茶,爬梯找书。谈些什么已记不得,但这个浑身充满激情和活力的小老头,给我留下极深的印象,他的热情和单纯可爱的样子,也使我对他充满好感。

之后并未曾想到常去看看他,但范用这个名字留在了心中。他在我们临走时,赠我的一本小书,我随手翻了翻,也给我女儿拿走了。我的女儿并不爱文学。但这本书,她说喜欢看。倒是有一次,在汪曾祺先生家聊天,可能是我在哪看到一张照片,是汪曾祺、王世襄和范用系着围裙的合影,想必是一次家庭聚会。每人献一手,做一个菜。图片说明为:京中烹调大师王世襄、汪曾祺,"发烧友"范用。汪先生依然坐在他书房的那张矮皮圈的转椅上,吸着烟,忽然来了一句:"范用是天下最不会写文章的人。"汪先生是谦和的,但汪先生又是独一无二的。他是犀利而真实的。那只是一次随便的闲谈,汪先生也只是随口一说。汪先生说这样的话,绝无恶意。他们是知己的朋友。但汪先生的想法是真实的。

有书评家说范先生有"三多":书多、酒多、朋友多。范先生爱书如痴,书多是正常的。他的朋友多,也是我们知道的。他的文坛佳话很多。夏衍先生曾说他:"范用哪里是在开书店啊,他是在交朋友。"我们知道,范先生与黄永玉、黄苗子、郁风、丁聪、冯亦代、汪曾祺等关系密切。平常时日，也常相聚，年节之下，诗词互贺，走动是颇勤的。

有一件事现在回忆起来，我心中很是惭愧。二〇〇四或二〇〇五年，我写了一篇《有关品质》的短文。其中有一段是针对池莉大作《十年识得范用字》的。池莉说，范用的文字功力达到何等境界。我说她这是乱吹捧范先生，于是说出了埋藏在心中的汪先生的那句话：范用是天下最不会写文章的人。这篇文章发表后，遭到出版人、我的朋友顾建平的狠狠的批评，说不应该这么写。我说为什么？顾说即使汪先生说了，也不能写，为尊者讳嘛！

我现在回忆起来，感到十分羞愧。不知当时范先生看没看到这则短文？有没有好事者告诉了范先生？其实范先生对自己是十分了解的。范先生在二〇〇二年出版的《泥土　脚印》一书的"作者的话"中开篇就说："我不善写作。"可是这样的话，作者自己说说可以，别人最好还是不要说。因为这是让一个文化人伤心的，或者难堪的。

如今范先生已仙逝，我在这里致上歉意。

作为一个资深的出版家，一个文化人，范先生是十分出色的。他对出版所做出的巨大贡献，也是众口交赞的。其实我对范先生是十分尊重的。尊重的表现，就是我买范先生的书。范先生仅有的几本书，我都买过：三联版的《我爱穆源》、《泥土　脚印》、《泥土　脚印》（续编），连他编的书我也买：《文人饮食谭》、《买书琐记》，还有他为汪曾祺先生重编的《晚翠文谈新编》。这些都在我的书橱里。——说到《晚翠文谈新编》，这里我多引申一句。《晚翠文谈》是汪曾祺先生唯一一本文论集，可以说集中了汪曾祺先生一生的创作思想。此书刚编好时，找不到地方出版，转了多家出版社，均给退了稿。最后只得由林斤澜凭老面子拿到林先生的家乡浙江，由浙江文艺出版社出的。《晚翠文谈》第一版印得极少。但出版后，得到许多读者的喜爱。二〇〇二年范用先生将此书拿到三联书店重印，从《汪曾祺文集》中又增补了一部分文字，编为《晚翠文谈新编》。范先生在"小引"中说：

> 日子过得真快，转眼曾祺兄辞世已经五年，印这本书聊表怀念之情。

由此可以看出，范先生对汪先生的感情。

现在范先生也走了。汪先生已走了许多年。上文中的一些话，说说也无妨了。

世事奈何。这些文化老人，一个一个，都凋零了。我说过，心中悲凉。作为一个喜欢读书的人，我对他们是亲切的。知道他们的一些轶闻趣事，也觉得他们是可爱的。如今，他们像秋后树上的果子，都已快落光了。

范先生赠我的那本小书，还在我的书橱里。写此短文时，我找出来看看。那是一本由香港天地图书有限公司出的《我爱穆源》，书的开本只有手掌大小，编得精致用心。白色封面上一支水墨淡蓝色的梅花，偏左上一侧印着冰心赠他的一段话：童年，是梦中的真，是真中的梦，是回忆时含泪的微笑。在书的扉页，范先生为我题了几个字："苏北同志。范用。时年七十。"我看着这遒劲而略带笔锋的墨迹，心中有一种说不出的淡淡的滋味。心的一角，涌起一点点潮湿。一个人，一个老人，他燃尽了生命的光。他走了。

范先生走了。这些文化老人，一个一个，都凋零了。

原刊《文学报》二〇一〇年九月二十七日

木心，木心

多少年前知道木心，首先来自于陈村的推荐。那篇短文好像是说，如果不向国内的读者推荐木心，则是他的冷血。话说得很重，比当年陈子善推荐董桥：《你一定要读董桥》还要严重。当时国内没有木心的书，我在网上搜了一下，读了《上海赋》里的一些篇什，当然是有才华的，但文字极为绅士，又是上海话说上海事。见识是极好的，但还不是"平淡无奇"之文，没有读出"通会之际，人书俱老"的况味，也就放过了。

今年我在贵州西江苗寨，曾遇到过一个卖包包的一对母女，她们在西江景区的小街上开了一间门面。我那天黄昏在街上闲逛，进她们的店里看了看，其实我并不需要买包，只是随便问问，那母亲操着一口胶东口音。我说："山东人？"她说"是的"，并表示惊奇，说我"耳音好"。我说："为什么跑这么远来开店？"她听我这一问，于是说开了。她说："这是我儿子的店。"之后告诉我，她的儿子最喜欢读文学的书，在作家中，最痴迷木心，于是从老家赶到浙江乌镇，在那里守着木心过日子，时不时去自己的偶像那坐坐，俨然是执弟子礼了。日子久了，为了生计，便在乌镇开了个小铺，卖包包，并在那里结识了一个河南姑娘，结婚生子。木心去世后，他们离开了乌镇，辗转到湖南的湘西，在凤凰古城继续开了家香包店，过起了日子。之后生意发展了，又在贵州的西江开了分店，请来母亲和妹妹打理。这个母亲说，她儿子不知道多么喜欢文学，在店里他就是看书，对木心十分崇拜。木心后来也非常喜欢他的。

这个故事让我十分惊奇。木心竟有这么大的磁性，使一个人心甘情愿背井离乡，去投奔他。这可以算得上当今文坛的一个佳话了。

木心的书我看得不多。倒是孙郁先生谈木心的一篇长文《木心之旅》很有意思。孙郁认为木心甩掉了学人的面具，生命是诗、色彩、音律和哲思的融合，是从古希腊哲理与六朝之文、文艺复兴到五四遗响，将亚里士多德和尼采、老子和罗素集中在一个庭院里对谈的人。比喻木心是一位从唯美之路走向哲思之路的穿行者。当然，木心的有些作品还难与鲁迅和沈从文比肩，但他将东西方文化嫁接在一棵树上，在语体的拓展和境界的洒脱上多有智性的光芒，是一个驰骋在沙漠上的骑手，是一个在野路上的奔跑者。

木心的《文学回忆录》我倒是读过。他关于唐诗的讲稿使我颇受启发。比如他说写诗一旦深谙格律后,任何事都可以入诗,交际、文告、通信,连骂人、损人、酒令都可以用诗。在唐朝,诗就是这么流行。他对李白的解读,十分形象,说李白是个人生艺术的大孩子,性格明亮,像唐三彩上的釉。但李白也坏在才气太盛,才气差点毁了他。读李白作品,仿佛世上真有什么浪漫主义似的。而他对杜甫的评价似更高,以为晚年的杜甫就是贝多芬的交响曲。他说《望岳》:"岱宗夫如何,齐鲁青末了",实为全唐诗中最奇绝的句子。他谈到白居易,讥讽白居易功名心太强,一心想往上爬,可是确实诗写得太好(还嘲笑韩愈猴急,拼命推销自己,大约在唐朝,以诗来推销自己乃为常态)。他还对韩翃的《寒食》:"春城无处不飞花,寒食东风御柳斜。日暮汉宫传蜡烛,轻烟散入五侯家",特别推崇,以为纯记印象,不发主见,实为精妙。他说杜牧的《过华清宫》和《江南春》也是,《江南春》所描述的"千里莺啼绿映红,水村山郭酒旗风。南朝四百八十寺,多少楼台烟雨中",似颂似刺,非常巧妙。他说到李商隐,以为是有唐一代唯一可以直通现代的诗人,作品唯美、神秘,偶评古人,非常刻毒。这些都开启了我的心智,读之莞尔,使我对唐诗有了别样的认识。

顺带多说一句,我最近翻一些外国文学名著,加缪的《鼠疫》、巴别尔的《骑兵军》,读后都令我十分震惊。加缪叙述的精准和细致,巴别尔冷静而残酷的天才描述,都使我感受了强大的冲击；还有一些短篇小说，如毛姆的《午餐》、萨契的《敞开着的窗户》、卡佛的《自行车，肌肉和香烟》和科珀德的《乌发的鲁丝》，读后都十分会心。《午餐》中的那位虚伪而贪婪的女人，读来颇具黑色幽默；《敞开着的窗户》中会编故事的少女薇拉，既可爱又狡黠，故事十分出人意外；而《乌发的鲁丝》，孤独的男子在乡村中行走，小旅馆中一场意外的感情，写得节制而唯美。我在书的后面记道：人类的情感是多么的相似，不管文化有如何的差异，基本情感都是一致的。

之所以说上这些，我是想说世界文学之林是多么丰富，好的作品和好的作家太多太多，不仅仅木心一家。

原刊《中华读书报》二〇一五年二月二十五日

挂鹦鹉的日子：邓友梅侧记

邓友梅先生将他的虎皮鹦鹉带到北戴河创作中心，每天把鹦鹉挂在院子里的一棵茂密的核桃树上。正是夏日，核桃树绿荫披纷，结果无数，以至枝条弋地。

我和邓先生聊天的窗子正对着那棵大树。透过窗子可看到挂在树枝上的鸟笼。谈话就从鸟儿开始吧。

"这是只什么鸟？"

"虎皮鹦鹉。"邓先生笑，"放在家里没有人照管，我只得把它带过来养。"

"每天都挂到外面？"

"晚上，或者下雨天收回来。被雨淋了，易生病。"

"我知道鸟也会感冒的。"

"是的。着凉了，就会生病。"

我手头有一本《那五》。在访问前，我先把《那五》这本小说集里的《寻找"画儿韩"》、《那五》和《烟壶》等小说，通读了一遍。上个世纪八十年代初，这些小说刚发表时，也读过。可那时年轻，所写生活又离我们较远，因此不易记住。

我选择中心一侧的小花园高大柏树下的雕花铁椅上去读。午休时分，那里十分安静。花园里有十余株柏树，已十分茂盛。碎石地面十分洁净。

极喜欢这座小花园。刚来的时候，我就相中了这座花园。心中盘算：在未来的十天里，我会每天下午坐在那里，静静地独坐，并趣说，"是我家的客厅"。我有时整整坐一个下午，读书，读《那五》，眼睛酸了，就抬头听蝉鸣，听风声，听水声（有一个小小的流动的水源）；看花，不远处一荷池，极小，有荷几枝，开花几朵。

下午三点多钟，小花园里的柏树漏下斑驳的阳光。阳光是强烈的，而树的阴影下，是阴凉的。我坐在镂空的白色铁椅上，头顶上蝉鸣如嘶。一只近处的老蝉，长鸣聒噪；稍远的一只，则短促吟唱。整个花园，空无一人，只一女清洁工在擦拭着一切：石凳、木椅、灯柱及地上起装饰作用的彩石……院门外，不时有汽车驶过。花台上的美人蕉和太阳花，开出浓烈的彩色。我坐在花园中，享受这午后的一个人的寂静。

头顶上的蝉又嘶鸣了。夏日的一切的昆虫进行着它们的吟唱。

我读着《寻找"画儿韩"》，再次重读的感觉依然饱满有趣。甘子千、画儿韩，以及盛世元几个人物都极其鲜明生动。特别是关于假画卖、烧、赎，一波三折，妙趣横生。

实在是一篇让人叫绝的短篇小说,堪称短篇之典范,也是京味小说之代表作品。说到京味小说,我对邓先生说,"评论界一般认为,新时期邓友梅、林斤澜、汪曾祺为代表作家。其实,严格地说,您才是正宗的京派。汪出生江苏高邮,写的生活多以高邮为主,语言也不是北方方言,而林呢,温州味也重,虽然汪、林也写了不少以北京生活为题材的小说。而您,出生在天津,十几岁就到北京来混,笔下是北京味最重的作家。"

邓先生认真听着。对这个观点,我自认为他基本认可的。

决定访邓先生,纯属偶然。

到北戴河,才知道邓先生也在此。我写《汪曾祺传略》的计划,邓先生在新中国成立初的几年,一直与汪曾祺先生在北京市文联共事,交往甚多。之前林斤澜等人没有访问,已成遗憾。

午后我见到邓先生,先送给他一本《忆・读汪曾祺》,在他的小客厅里坐了一会,说,想写《汪曾祺传略》,有时间请先生谈谈建国初期他与汪的交往,及"文革"中汪从张家口回来的情况。邓先生说,"可以,只是年纪大了,许多事情记不清楚,不知我想了解些什么"。我说,到时候我列个提纲吧。

晚饭后,我坐到核桃树下。过了一会儿,邓先生从外面散步回来,也坐到树下的铁椅子上休息。又有人围过来合影，先生尽力配合着。之后先生说，一个下午都在看我送给他的书。我想，是汪曾祺这个老朋友在吸引着他。他对我说，要是访问，上午十点钟之后，下午三点钟以后，去时先打个电话更好。他又说，年纪大了，许多事不记得了，不知道具体要谈什么。我说，我会拟个提纲的。又有人过来合影。过一会儿，邓先生起身走了，说，"我回去了，马上来人又要照，我受不了"。我知道，年纪大了，相机一照，闪光灯一闪，眼睛受不了。

邓先生拄着拐杖，一步一步上台阶，回房间了。

"您在书中写道，酱豆腐肉，这是一种什么做法？"
"用臭豆腐的卤子，炖肉。"
"放臭豆腐卤吗？"
"也说不好，可能要放一点。不会太多，至多半块吧。"
"什么样的肉？五花？肋条？"
"这得是五花肉。肥瘦都得有。"

邓先生在《再说汪曾祺》中写过，上世纪五十年代初，一次他从东单过，顺道去住在三条的汪曾祺家坐坐，一进门就闻到一股酱豆腐味。原来汪曾祺在做酱豆腐。汪说："按说晚上坐上砂锅炖最好，可夜里怕煤气中毒，改白天做试试。"邓友梅后来问过一位高人，过去王府做此道菜，是有讲究的，一般都是二更天开炖，砂锅边还要糊上毛边纸，锅下点着王八灯，要第二天中午才能开锅。而汪曾祺住在大杂院里，一家只住两间小房子，没事整这种高雅的玩意儿,也见其可爱、可笑。之后有一次,我见到汪朗,说起这个事。汪朗也是个吃货,他告诉我说,做酱豆腐肉,根本不用放臭豆腐卤的,只用豆腐卤的一点点汁即可。

聊到当年划"右派"的事,邓先生自己兴趣先上来了。他说,"反右"之初,一天恰巧遇见王蒙,王蒙特地下自行车,把他拉到路边,小声对他说:"你最近讲话要注意,风声紧。你跟我不一样,我比较谨慎,你喜欢乱说。现在'反右'了,我提醒你,你要注意一点。"没想没过半个月,王蒙自己倒先被揪了出来。

之前不久,中宣部召开过一个青年作家座谈会,找几位有点影响的青年作家座谈。散会后,几个青年人聚在一起,包括王蒙、林斤澜等,刘绍棠说,"我们这些人不会有事的,我们都是先进分子"。结果不久,刘便被打成了"右派"。而在北京市团委礼堂召开的揭批刘绍棠大会上,邓友梅上台发言,他说刘绍棠搞特殊化,下乡还自己带白面馍,不和老百姓打成一片。下面群众热烈鼓掌,认为他讲得有血有肉。他在台上正得意呢,这时主持人接过话筒说了:"下面不要鼓掌。邓友梅也是'右派'分子。"

邓友梅对我说,"这时我在台上,完全懵了,因为一点精神准备也没有。台下忽然又是一片乱糟糟的人声,自己根本不知道怎么回事,于是就在台上也不用下去了,接着开始接受别人的揭批"。

邓先生说完,咧着嘴,就这么坐在沙发上。表情是笑的模样,短短的白茬分布在上嘴唇上。我们都没有接话。

我知道，那几十年，对他这一代伤害是惨重的。他的心中有痛。

这些，其实我已在他的散文集《八十而立》中读过，现在由他亲口说来，虽已当成陈年旧事的笑谈去说，可仍是十分无奈。

核桃树下的雕花铁艺的桌椅，经常坐满了人，作家们饭后聚在一起聊天，高谈阔论。大树下面好乘荫凉。这真是一棵大树，覆下的荫凉近小半个球场，是个名副其实的"作家的沙龙"。

有时我们聊着，见邓先生窗口的灯亮着。房间有人影晃动，邓先生正在工作；有时他也走近窗口看看。晚上九点多，邓先生出来拿鸟，我给他取下，递给他，我说："我们在外面说话，吵了你吧?"他说："不吵，愿意听你们说话。"早晨，邓先生出来挂鸟，我正散步，边接过邓先生的鸟笼子，给他挂上。邓先生嘴上一溜小胡子，花白，他说：

"在北京，我把它放出来，随它飞。它的一个伙伴，飞出去，回不来了。"

我说："它的小脑袋还挺聪明。"

邓先生说："是的。"说着用手伸过去，给鸟去啄，鸟并没有过来。邓先生转身走了。我也试着把手伸过去，小鸟转来，伸出小嘴啄我的指心，有点痒痒的，还挺舒服的。

那天晚饭后，邓先生从餐厅出来。一个湖南的作家问他:"还写什么吗?"

邓先生摆摆手:"写账还写错。"他边走边摆手:"除了写账,别的不写。"他笑着说。

过一会儿,他又说:"账,还总是写错呢!"

我想,这是邓先生的托词。写什么,一句话说得清么?又有必要说么?所以,别人问,干脆说什么也不写。

虽已是八十三岁高龄,邓先生肯定不会放下他手中的笔。一个作家,他只要拿起笔,就不会再放下了。这是一个写作者的宿命。

也是有一天,在小花园,一个作家问他为什么选择写作。

他说,那时年轻,自己又没别的本事。一个人活着,总得有点意义,为国家、社会做点事。自己的工作又在文化单位,就估摸着写点先进人物,这样就慢慢走上了写作的道路了。

我想,邓先生是会有自己的计划的。

原刊《联合报》二〇一五年三月六日

辑二

汪曾祺为何如此迷人

二十年前,我们在县里学习文学创作,有一帮朋友,其中一位业余诗人,在酒桌上篡改了白居易的一首诗,说:座中读汪谁最痴?安徽天长小苏北。(原诗:座中泣下谁最多?江州司马青衫湿。)天长县是我的家乡。那时我才二十多岁。前不久回乡,几个老朋友一起吃饭,这位当年的业余诗人也参加了。几杯酒下肚,他又诗兴大发,把当年的"诗"又说了一遍:座中读汪谁最痴?安徽天长老苏北。只是改了一个字,将"小"字改成了"老"字。

这虽是笑话,却道出了我这些年都干了些啥。

为什么对汪曾祺如此深情?读了这么多年,还乐此不疲?我思考这个问题,大致有以下的思路和结论。

对汪曾祺的阅读,是一个逐步发现、不断惊喜的过程。说句实在话,原来喜欢汪曾祺,也才二十多岁,所见世面不大(不是说现在大了),而且呢,那个时候见到汪曾祺的东西也不多,也就是两本小说选(《汪曾祺短篇小说选》、

《晚饭花集》),一本散文集(《蒲桥集》),一本文论集(《晚翠文谈》)。小说、散文、文论,都全了。当然,这也是汪曾祺最主要的作品。他生前比较在乎的作品,也都在这几本书里了。

(——都说汪曾祺洒脱,比较淡泊,生活中也马虎。汪先生在《随遇而安》中说:"我这人很糊涂,不记日记,许多事都记不准时间。"用他自己的话说"不在乎",可是他还没有"潇洒"到自己的东西一点不保留的分上。汪朗有一次对我说,虽然老头子"拉乎",发表过了的作品到处塞,但也不是心中一点数也没有。《晚饭花集》、《蒲桥集》里面的作品,都是经过他自己亲手选的,基本上是他认定了的。)

汪先生去世后,他的子女用《汪曾祺全集》的稿费印了一本非常精美的《汪曾祺书画集》(非卖品),让我们集中看到了汪曾祺书画方面的才华(原来都是零星看到的)。那些书画作品,特别那些题在画作上的题款,非常丰富。通过这些题款,你可以得到很多的学识。可以看出汪曾祺是一座"富矿",他"肚子里东西很多"。《汪曾祺书画集》收集了汪曾祺从一九八二年以来,大大小小书画作品一百二十二幅,其中书法作品较少,只有十八幅。所涉花鸟鱼虫几十种,有兰草、腊梅、秋菊、玉兰、丁香、杜鹃、桂花、绣球、杨梅、凌霄、海棠、芍药、紫藤、芙蓉、山丹丹、金银花、水仙、红叶、葫芦、葡萄、蓼花、芦穗、梨花、野果、枇杷、苦瓜、山药、西葫芦、冬苋菜、莲、藕、芋头、白萝卜、红萝卜、白菜、红辣椒、马蹄（荸荠）、竹、荷、鸟、松鼠、蜻蜓、猫头鹰、金鱼、小鸡、鳜鱼、鹅、蟹等四十多种，所题款皆好。比如：秋色无私到草花，月晓风清欲堕时，一年容易又秋风，孤雁头上戴霜来，雨打梨花深闭门，南人不解食蒜，等等。

汪曾祺早期佚文的发现，先是上海《文汇报》"笔会"版主编周毅在编选《一个甲子的风雨人情——笔会六十年珍藏版》时，无意中发现了汪曾祺上世纪四十年代发表在《文汇报》上的好几篇佚文，基本上都是写于"黄土坡"或者"白马庙"，总之是写于昆明吧。我们读那些佚文，发现汪曾祺青年时竟然写得那么好，一点也不"幼稚"，充分证明了沈从文"为什么那么欣赏他、喜欢他"，并且说出"汪曾祺写得比我好"的话来。

清华大学教授解志熙和他的学生裴春芳，东北师大的徐强，出于学术研究的需要，翻阅了民国时期的大量资料，又进一步发现了汪曾祺的大量早期佚文。分别是小说《河上》、《驴》、《除岁》、《结婚》；散文《飞的》、《昆明草木》、《日记抄：蝴蝶》；诗歌《消息》、《封泥》、《二秋辑》和《文明街》。分别发表在《经世日报》、《文学杂志》、《大公报》和昆明的《生活导报周刊》上，均为四十年代作品。而且用了那么多的笔名，包括：西门鱼、郎画廊、汪若园、方柏臣。

通过这些作品,你发现汪曾祺青年时候并不"懒",也不是整天"泡茶馆",还真写了不少东西,完全可以称得上是"青年作家"。汪先生自己说过,三四十年代写了一些东西,大多都散失了。他这样轻描淡写地说说,我们原以为不会很多,原来却是那么的丰富!而且通过这些作品,你发现汪曾祺说过的话,都得到了印证,比如,"我年轻的时候倒是受到过意识流影响的"。佚文中的《谁是错的》《结婚》等,明显有意识流的痕迹。汪先生自己也说过:"我写得并不土气,相反我还受过西方意识流的影响。"

这个老头说话,是非常负责的。他说过的话,后来有许多都得到了验证。比如,他说过:"我曾代同学写过一篇读书报告,说李贺的诗是写在黑底上的,受到闻一多的表扬,说是'比汪曾祺写得还好'。"汪先生轻描淡写地一说,并不引起人们的重视,而在汪先生去世后,这个"同学"竟然在一本旧书里找出这篇"作业"。这个人就是比汪曾祺低一班的同学杨毓珉,他使我们得以看到这篇在岁月底下沉睡了六十多年的汪曾祺的少作《黑罂粟花——李贺歌诗编读后》:

> 下午六点钟,有些人心里是黄昏,有些人眼前是夕阳。金霞,紫霭,珠灰色淹没远山近水,夜当真来了,夜是黑的。

有唐一代，是中国历史上最豪华的日子，每个人都年轻，充满生命力量，境遇又多优裕，所以他们做的事几乎全是从前此后人所不能做的，从政府机构、社会秩序，直到磁盘、漆盒，莫不表现其难能的健康美丽。当然最足以记录豪华的是诗。但是历史最严刻、一个最悲哀的称呼终于产生了——晚唐。于是我们可以看到暮色中的几个人像——幽暗的角落，苔先湿，草先冷，贾岛的敏感是无怪其然的；眼看光和热消逝了，竭力想找出另一种东西来照耀漫漫长夜的，是韩愈；沉湎于无限晚景，以山头胭脂作脸上胭脂的，是温飞卿、李商隐；而李长吉则守在窗前望着天，头晕了，脸苍白，眼睛里飞舞着各种幻想。

这篇读书报告，洋洋洒洒写了两千字！完全是一种别出心裁的写法！难怪闻一多会说出"写得比汪曾祺还好"！

山东画报出版社出版了《你好，汪曾祺》一书，收辑了包括黄裳、范用、宗璞、铁凝、贾平凹在内的近五十位作家回忆汪曾祺的各类文章，向我们呈现了一个具体而有趣的汪曾祺。当然，这本书与我有些机缘。二〇〇七年，汪先生逝世十周年，我给山东画报出版社打电话，提出能否收集散失在各报刊的各类回忆汪曾祺先生的文章，辑集成册出版的建议，他们很快就采纳了。我有此动议的基础是，山东画报出版社先后出版过汪先生的《人间草木——汪曾祺谈草木虫鱼散文四十一篇》、《汪曾祺文与画》、《五味——汪曾祺谈吃散文三十二篇》、《汪曾祺说戏》和《汪曾祺谈师友》，这几本书的影响都极好，每册都印刷好几次。

《你好，汪曾祺》的出版，使我们有机会集中了解汪曾祺这个人。

之后是二〇〇八年由上海远东出版社出版的《永远的汪曾祺》，收集了新近的写汪曾祺的回忆文章七十七篇，更丰富了我们对汪曾祺的认识。加之高邮市文联编印的汪曾祺资料，也是好几大本。那么多人写了那么多汪曾祺的文章，谈汪曾祺的创作、交往、游历和趣闻，等等。你会发现，汪曾祺原来还那么好玩，他有趣的事情很多很多。总之，这个人非常丰富，真正是一座"矿"。

这里举几个例子。

看苏叔阳写汪先生。苏叔阳说，一次他和汪老在大连开会。会上发言中，苏叔阳讲了"骈四俪六"的话，顺口将"骈"读成"并"，还将"掣肘"的"掣"读成"制"，当时会上，谁也没有说什么。吃晚饭时汪先生悄悄塞给他一个条子，还嘱咐他"吃完了再看"。他偷偷溜进洗手间，展开一看，蓦地脸就红了，一股热血涌上心头。纸条上用秀丽的字写着："骈"不读"并"，读"片"；空一段，又写"掣"不读"制"，读"彻"。苏叔阳说他当时眼泪差一点流出来,心中那一份感激无以言说。回到餐桌,苏叔阳小声对汪先生说:"谢谢!谢谢您!"汪先生用瘦长的手指戳戳他的脸,眼中是顽童般的笑。这就是汪先生,那样的目光和笑意,我是见过的。

铁凝在《汪老教我正确写字》里写道,一九九二年汪先生到河北参加《长城》笔会,期间铁凝拿自己的新书送给汪老,汪老看了她在扉页上的签名,对她说:"铁凝,你这个铁的金字旁太潦草了,签名可以连笔,但不能连得不像个金字旁了,是不是?"铁凝后来说:"因为除了父母,还没有人能这样直率地指出我的毛病。"

——汪曾祺懂得尊重人,善解人意而又不失真诚。

汪曾祺与人见面、打招呼的方式,也是"汪氏"式的。

陈国凯曾说过,上世纪八十年代,一次在湖南开会。去餐厅吃饭,一个老头子已在那里吃了,面前放着一杯酒。主会人员向他介绍汪曾祺。汪先生看着他,哈哈一笑:

"哈,陈国凯,想不到你是这个鬼样子!"

陈国凯是第一次同汪曾祺见面,觉得这个人直言直语,没有虚词,实在可爱,也乐了:

"你想我是什么样子?"

汪先生笑:"我原来以为你长得很高大。想不到你瘦骨如柴。"

这正如汪先生第一次见到铁凝,汪先生走到她的跟前,笑着,慢悠悠地说:"铁凝,你的脑门上怎么一点头发也没有呀!"铁凝后来说,"仿佛我是他久已认识的一个孩子"。

高晓声一九八六年广州、香港之行和汪先生同住一室。汪先生随身带着白酒,随时去喝。一九九二年汪先生去南京,高晓声去看他。汪先生将他从头看到脚,找到老朋友似地指着高的皮鞋说:"你这双皮鞋穿不破哇?"鞋是那年高晓声去香港时穿的那双,汪曾祺居然一眼认出来了。

一九九一年四月,汪曾祺参加云南笔会,同行作家李迪,戴个大墨镜,被高原太阳晒得够呛,一天下来,摘下眼镜,脸都花了,只有眼镜下面的一块是白的,其他地方都是红的。汪先生见了,说:"李迪,我给你八个大字:'有镜藏眼,无地容鼻'。"正如有一年夏天,我到山东长山岛出差,游了海水泳,回北京已好几天了。那天我去他家,进门没有一会儿,他站在我面前,端详着,之后用手在我脸上一刮:"是不是游了海水泳?"——真奇了怪了,他怎么看得出来?而且他用这种方式给你表达,让你的内心温暖无比。

江苏的金实秋先生编了一本《汪曾祺诗联品读》。金先生真是功莫大焉,他不厌其烦,那么有兴趣,到处去找,收集了这么一个东西,把汪曾祺的点点滴滴(当然肯定还有遗失的)进行了梳理,编了厚厚的一本书。通过那些诗联,你发现汪先生是有"捷才"的。肚里有,又反应很快。真如黄庭坚说秦少游的,"对客挥毫秦少游"的味道了。

这里也说几条有趣的。

一九八九年汪曾祺给《工人日报》的一个全国工人作家班讲课。让他讲的题目是《小小说的创作》,他对此没有多大兴趣,就给学员讲文学与绘画的关系。有一天,他还带来自己的一幅"条幅",是一枝花,朱砂花朵三二朵,墨叶二三片,一根墨线画到底,右题一行长条款:秋色无私到草花。有个河北籍的女学员嘴快,看了一眼就说:"空了那么多,太浪费,画一大束就好了。"汪曾祺哈哈大笑,仿佛那个女生的话一点没有扫他的兴。有个男同学问:"能不能给我?"老头抬头看看,问:"处对象了吗?"——"谈了。"——"那好,就拿走吧,送给女朋友,这叫'折得花枝待美人'。"这就是汪曾祺,一个活灵活现的汪曾祺。

上世纪八十年代初,《钟山》举办太湖笔会,从苏州乘船到无锡,万顷碧波,大家忘乎所以。宗璞和几个女作家在船上各打着一把遮阳伞。船快到无锡,汪曾祺忽然给宗璞递过半张香烟盒纸,上面写了一首诗:"壮游谁似冯宗璞,打伞遮阳过太湖。却看碧波千万顷,北归流入枕边书。"宗璞非常高兴,多少年都记得这首诗。

这样的游戏之作,是需要捷才的。可以说,汪曾祺是有才子气的。所以,后来才有人说,汪先生是"最后一个士大夫","中国当代最后一个文人"。这些说法,在汪曾祺身上都能找到印证。让你感到:汪曾祺太可惜了,这么有才华的一个人,赶上这么一个时代,人生最好的年华(壮年),都在各式运动中战战兢兢地度过了;同时又感到汪曾祺太幸运了,命运给了他最后的二十年,让他逐步重新找回了自信,越写越神。(沈从文夫人张兆和说,曾祺笔下如有神,这样的作家越来越少了。)他晚年的作品《窥浴》、《小姨娘》、《水蛇腰》等,写性写得很大胆,而且很美。(他自己在《受戒》、《大淖记事》的创作谈中说过:"我就是要写得很美,很健康。")他近三百万字的作品,绝大部分是写于新时期。二十年,成就了汪曾祺,给了我们这样一个作家,让我们乐此不疲。

当然,汪曾祺还在被发现。北京十月文艺出版社编的四卷本《汪曾祺文集》,马上就要出来了。人民文学出版社的新版《汪曾祺全集》,也正在紧锣密鼓地编辑中,里面都有一些新东西。这个老头儿,一拨一拨的,给你不断的惊喜。

我想还会不断有一些新的发现。仿佛这个老头故意同大家开了个玩笑。——他还在世界的某个角落坐着,不断地给我们"送小温"。

前几天,扬州又发现了汪曾祺的一篇很短的佚文《说"怪"》和两封信;又有人买走了汪曾祺一九六二年的《王昭君》剧本(北京京剧团钢板刻字油印本),这些不断的惊喜,都深深地吸引着我们。

这里我把这篇五百字的短文《说"怪"》给介绍一下。

事情是这样的:一九八六年十月,汪曾祺和林斤澜等人到南京参加《雨花》笔会。那个笔会叶兆言也在,他刚刚大学毕业,叶兆言说自己还是个"生瓜蛋子",他在会上主要搞会务。扬州的杜海,那时还是个文学青年,他得到汪曾祺在南京的信息,特地从扬州赶到南京去找汪曾祺等人。结果,在玄武湖,还真给他找着了。之后汪曾祺一行又往扬州,住在小盘谷内,于是杜海就将自己的一篇篇名为《碧珍》的小说,送给汪曾祺,请他指正。第二天上午,汪曾祺将此小说还给杜海。杜海正准备洗耳恭听,没想汪却笑了笑,没说一句话,却递上两页稿纸。这就是下面的这篇短文。你看看,什么叫才华?什么叫才子?

我写过一篇小说《金冬心》,对这位公认为扬州八怪里的一号人物颇有微词。我觉得这是一个装模作样,矫情欺世,似放达而实精明的人。这大概有一点受了周作人的影响。我认为他的清高实际上是卖给盐商的古彝器上的铜绿,这一点大概也不错。我不喜欢他的卢仝体的怪诗。但那篇《金冬心》只是小说,不是对金冬心的全面评价。我对金冬心的另一面是非常喜欢的。我对他的从"天发神忏碑"变出来的美术字势的四方的楷字和横宽竖细的漆书是很喜欢的。对他的"疏能走马,密不容针"的梅花,也是很喜欢的。我在故宫博物院见过他画的一个扇面,万顷荷花,只是用笔横点了数不清的绿色的点子，竖点了数不清的漆红的点子，荷叶荷花，皆不成形，而境界阔大，印象真切。我当时叹服：这真是一个绝顶聪明的人！

我不想评定金冬心，只是想说说什么叫"怪"。很简单，怪就是充分表现个性，别出心裁，有独创性。

我希望扬州的写小说的同志能够继承八怪传统的这一方面，尽量和别人不一样。

扬州有一位大文体家，汪中。对汪容甫的文章，有不少人有极精到的见解。我很欣赏章太炎的评语，他说汪容甫的骈文"起止自在，无首尾呼应之式"（大意）。呼应，是小说的起码的要求。打破呼应，是更高的要求。小说不应有"式"——模式。

一九八六年十月二十八日　扬州

综上所述，汪曾祺是什么？为何迷人？汪曾祺的一切，所有的，包括小说、散文之外的一切，生活中的随手写的小纸片，朋友之间的谐谑的短诗，一个普通的留言，各式信件，包括美国家书，给黄裳、朱德熙等朋友的信，给家乡县委书记要房子的短笺（"曾祺老矣，犹冀有机会回去，写一点有关家乡的作品，希望能有一枝之栖。区区愿望，竟如此难偿乎？"几十个字，却很有趣，还不忘抒情一下。也可看出这个老头的天真和幼稚），等等，等等，都具有文学价值。——文字又好，又有生趣。

其实,汪曾祺的一生(主要是晚年),是把生活诗意化,把写作诗意化。正如他自己说的,他追求的是美,是和谐。黄裳也曾说:"曾祺的创作,不论采用何种形式,其终极精神所寄的是'诗'。"这是很有见地的,不愧是从青年时代就与汪曾祺相交的老朋友。

这就是为什么这么多年,我被这个老头子"牵着鼻子走"的原因。别看他只有两三百万字的作品,他实在是丰富、有趣,而有味道的。所以我们乐此不疲。

这也就是汪曾祺迷人的原因。

原刊《深圳特区报》二〇一二年七月十九日

舌尖上的汪曾祺

汪曾祺先生去世后,他的作品被不断地出版、编纂,他的趣闻轶事为人们所津津乐道,他的逸文被研究者不断发现。可以说,经过这十多年来研究者、出版者和读者不断传播、研究和阅读,汪曾祺显然已成为现当代最重要的经典作家之一,他活在了读者的心中、活在了人们的口中(舌尖上);另一层意思,汪曾祺一生"好"吃,他喜欢吃、喜欢写吃、喜欢自己"捣古"吃,被人们誉为文坛"美食家"。《舌尖上的中国》热播后,网上有人留言:要是汪曾祺在世就好了,请他为此片的总顾问,那将再恰当不过;也有人直接称他为"吃货"——"吃货"现在已不是一个贬义词,许多人自称为"吃货"——只不过汪曾祺这一代为资深的"老吃货"罢了。

先引汪曾祺的一段文字:

> 抽烟的多,少,悠缓,猛烈;可以作为我的灵魂

状态的纪录。在一个艺术品之前，我常是大口大口的抽，深深的吸进去，浓烟弥满全肺，然后吹灭烛火似的撮着嘴唇吹出来。夹着烟的手指这时也满带表情。抽烟的样子最足以显示体内潜微的变化，最是自己容易发觉的。

这篇文字写于上世纪四十年代，题目叫《艺术家》。这颇似汪先生的自画像。它其实是汪曾祺的人生状态，他一生确也可以用"艺术家"来概括，他把生活当艺术，钟情和痴迷于一切美的事物。他说自己是"一个中国式的抒情的人道主义者"。前几年，黄裳有一篇写汪曾祺的长文《也说汪曾祺》，此文开篇就说"曾祺的创作，不论采用何种形式，其终极精神所寄是'诗'"。这实在是很有见地，以前似还没有人这么干脆直白地说过。

记得十五年前，汪先生去世时，他的家人为每位来送行的人发了一份汪先生的手稿复印件，那篇文章的题目就叫《活着真好呀!》，他的家人是理解他的。他实在是热爱生活、热爱美的。他是作家中少有的特别热爱世俗生活的人，他热爱一切劳动以及劳动所创造的美，包括饮食、风俗和一切生活中的艺术。

黄裳说的没错，"他的一切，都是诗"。或者也可以说，汪先生追求的一切，也是美。这结论，肯定也是没错的。汪先生曾在接受家乡电视台采访的一段视频中说："我就是要写，我一定要把它写得很美，很健康，很有诗意。"（《关于〈受戒〉》）这就是汪曾祺，在生活中他也是这个样子。对待生活他也是这样。朋友曾给我说过一个汪先生的趣事，说老头儿最后一次去云南，在昆明的那天，《大家》杂志的同事去看他。临别，他抓住作家海男的手久久不愿丢开。海男那么柔弱。柔弱就是一种美。老头儿这是对美的依恋呀！对人如此，对吃也是如此。所以他的关于吃，喜欢吃，喜欢写吃，其实也是美，是艺术之道。

作家墨白与汪曾祺接触并不多，可他曾写过一个汪曾祺的形象我以为颇为神似。

一九八九年秋，汪曾祺和林斤澜一行到合肥参加《清明》笔会。会前，安排作家游览合肥包河公园。临行前，汪先生手里拎着一个淡青色的布兜子。墨白问："汪老，准备买东西？"汪先生说："预备。"然后把布兜子装进半旧的夹克衫里，带子露在外边，一走一摆，有几丝灰发散落在他的额前，他就用他那长了老人斑的手拢一拢。

这个形象也大致是汪曾祺在蒲黄榆和虎坊桥晚年两个居所周边的菜场的形象。墨白写得很准确，这个老头儿就是这个样子。

汪曾祺自己也说过：一次到菜场买牛肉，见一个中年妇女排在他的前面。轮到她了，她问卖牛肉的：牛肉怎么做？老头很奇怪：不会做，怎么还买？于是毛遂自荐，给人家讲解了一通牛肉的做法，从清炖、红烧、咖喱牛肉，

直讲到广东的蚝油炒牛肉、四川的水煮牛肉和干煸牛肉丝。(《吃食与文学》)

汪先生对吃是饶有兴趣的。他生前编过的仅有的一本书《知味集》,就是关于吃。他亲自写了征稿小启,寄给朋友。给这本文集写稿的有王蒙、王世襄、车辐、邓友梅、苏叔阳、吴祖光、林斤澜、铁凝、舒婷和新凤霞等四十八位作家。这本《知味集》由中外文化出版公司于一九九〇年出版,只印了三千册。可老头子的征稿小启,真是下了功夫去写的:

> 浙中清馋,无过张岱,白下老饕,端让随园。中国是一个很讲究吃的国家,文人很多都爱吃,会吃,吃得很精;不但会吃,而且善于谈吃。……现在把谈吃的文章集中成一本,想当有趣。凡不厌精细的作家,盍兴乎来,八大菜系、四方小吃、生猛海鲜、新摘园蔬、暨酸豆汁、臭千张,皆可一谈。或小市烹鲜,欣逢多年之故友;佛院烧笋,偶得半日之清闲。婉转亲切,意不在吃,而与吃有关者,何妨一记?作家中不乏烹调高手,卷袖入厨,嗟咄立办;颜色饶有画意,滋味别出酸咸;黄州猪肉、宋嫂鱼羹,不能望其项背。凡有独得之秘者,倘能公诸于世,传之久远则所望也。道路阻隔,无由面请,谨奉牍以闻,此启。

在征稿小启之后，又写了足足有两千字的一篇后记，历数中国菜的渊源和历史，足可见他对吃的兴趣。

夏丏尊曾写过一篇《谈吃》的短文。夏先生在文中说，中国人是全世界最善吃的民族，除"两只脚的爹娘不吃，四只脚的眠床不吃"，其余凡能吃的，五花八门，都想尽办法弄了吃。吃的范围之广，真是他国人为之吃惊。

《红楼梦》里关于吃的描写很多。第六十一回小丫头莲花儿到厨房对柳家的说司棋想吃一个炖鸡蛋，"炖的嫩嫩"的，遭到一顿抢白，又说了一车轱辘的话："我劝他们，细米白饭，每日肥鸡大鸭子，将就些儿也罢了。吃腻了膈，天天又闹起故事来了。鸡蛋、豆腐，又是什么面筋、酱萝卜炸儿，敢自倒换口味。"由此可看出在曹雪芹时代，也已经挑着花样吃了。有说是中国人在宋朝时吃的是很简单的。看《水浒传》，那上面的人动不动就大碗喝酒大块吃肉，并不精细。第三十回写到武松杀了蒋门神出走之后，来到一个村落小酒肆，要吃的也就是"鸡与肉"。之前武松受了张都监的陷害，施恩父子也是只"煮了熟鹅"挂在"武松的行枷上"。汪曾祺关于宋朝人的吃喝是有考证的。他在给好友朱德熙的信中说："中国人的大吃大喝，红扒白炖，我觉得是始于明朝，看宋朝人的食品，即皇上御宴，尽管音乐歌舞，排场很大，而供食则颇简单，也不过类似炒肝爆肚那样的小玩意。而明以前的人似乎还不忌生冷。食忌生冷，可能与明人的纵欲有关。"他自己还专门写了一篇《宋朝人的吃喝》的考证文章,从顾闳中的《韩熙载夜宴图》、苏东坡的"黄州好猪肉",到《东京梦华录》、《梦粱录》所列的肴馔进行细细考证。汪曾祺认为,"宋朝人的吃喝比较简单而清淡",还说宋朝的肴馔多是"快餐",是现成的。中国古代人流行吃羹。"三日入厨下,洗手作羹汤。"《水浒传》中林冲的徒弟说自己"安排得好菜蔬,端整得好汁水","汁水",也就是羹。同时他还考证宋朝人就酒多用"鲜果"——梨、柿、炒栗子、蔗、柑等。

其实,汪曾祺谈吃年头颇早,而不仅仅是在晚年写出了一些谈吃的文章。翻开《汪曾祺全集》,"卷八"收有汪曾祺致朱德熙的书信十八通,从上世纪七十年代一直到八十年代末,所谈除民歌、昆虫、戏剧和语言学外,多为谈吃。在七十年代的一封信中,他教朱德熙做一种"金必度汤",原料无非是菜花、胡萝卜、马铃薯、鲜蘑和香肠等,可做工考究,菜花、胡萝卜、马铃薯、鲜蘑和香肠全部要切成小丁,汤中居然还要倒上一瓶牛奶,起锅之后还要撒上胡椒末,汪曾祺称之为西菜,我看可谓是"细菜"。

有一个时期,汪曾祺每天做饭,他自己说"近三个月来,我每天做一顿饭,手艺遂见长进"。他的那个著名的菜:塞馅回锅油条,可以说是汪曾祺自己发明的唯一的一道菜。一九七七年他在给朱德熙的信中说,"我最近发明了一种吃食",并详细列出此菜的做法:买油条两三根,劈开,切成一寸多长一段,于窟窿内塞入拌了剁碎的榨菜及葱丝肉末,入油锅炸焦,极有味。汪自己形容为"嚼之声动十里"。十年后的一九八七年汪曾祺写《家常酒菜》中,在写了拌菠菜、拌萝卜丝、干丝、扦瓜皮、炒苞谷、松花蛋拌豆腐、芝麻酱拌腰片、拌里脊片之后,正式将此菜列入,并说"这道菜是本人首创,为任何菜谱所不载。很多菜都是馋人瞎捉摸出来的"。

汪曾祺的散文《宋朝人的吃喝》、《葵》、《薤》,在形成文章之前,都在给朱德熙的信中提起过。他在一九七三年写给朱德熙的一封信中还说:"我很想退休之后,搞一本《中国烹饪史》,因为这实在很有意思,而我又还颇有点实践,但这只是一时浮想耳。"这些都告诉我们,汪曾祺关于吃喝的学问由来已久,不敢说伴随他一生,但也有相当可观的年头了。

这里不妨荡开一笔。汪曾祺与朱德熙的友谊,可谓是一段称奇的佳话。他们是西南联大的同学,用我们家乡的话说,"好得简直多一个头"。朱德熙的夫人何孔敬在《长相思》中说,她和朱德熙在昆明结婚,婚纱还是汪曾祺负责去租的:结婚的前一天,汪曾祺拎一个滚圆粉红的大盒子来,说,"这是礼服,拿去试穿一下,合适不合适?"何孔敬喜欢白的,朱德熙为难,"水红色是你母亲的意思"。汪曾祺在一旁说,"不喜欢可以拿去换嘛!"第二天他们小俩口回门,一大早,汪曾祺又来了,跟着他们一道回门,下午三个人还看了一场电影。汪曾祺失恋，睡在房里两天两夜不起床，房东老伯怕他想不开，朱德熙来了，把一本物理书卖了，拉汪曾祺到小酒馆喝顿酒，没事了。朱德熙多次说过："那个女人没眼力。"

汪曾祺晚年曾过一篇《昆明的雨》，提到一件事：有一天在积雨少住的早晨，他和朱德熙从联大新校舍到莲花池去，看了满池的清水和着比丘尼的陈圆圆的石像，雨又下了起来。他们就到莲花池边的一条小街的小酒店，要了一碟猪头肉，半斤市酒，坐下来，一直喝到午后。汪曾祺还记得酒店里有几只鸡，把脑袋反插在翅膀下面，一只脚着地，一动不动。酒店院子里有一架大木香花，数不清的半开的白花和饱涨的花骨朵，都被雨水淋得湿透。四十年后他还写了一首诗："莲花池外少行人，野店苔痕一寸深。浊酒一杯天过午，木香花湿雨沉沉。"在昆明，汪曾祺九点之后还不见人，朱德熙便知道他还未起床，便来找他。有一次，十点过了，还不见汪曾祺的人影，朱德熙便挟一本字典，来到四十六号宿舍。一看，果然，汪曾祺还高卧不起。朱德熙便说："起来，吃早饭去！"于是两人便出门，将朱夹来的字典当掉，两人各吃了一碗一角三分钱的米线。

到了晚年，有一次汪曾祺到昆明，回北京一下飞机就直奔朱德熙家，给朱德熙带来一包昆明的干巴菌，何孔敬捧着一大包干巴菌，说"多不好意思"。汪曾祺却说："我和德熙没有什么不好意思的。"一九九一年，朱德熙在美国斯坦福大学亚语系讲学，经确诊为肺癌晚期，仅半年就去世了，汪曾祺非常伤心。有一天夜晚，汪曾祺在书房作画，忽然厉声痛哭，把家人吓了一跳，赶紧过去劝他，就见汪曾祺满脸是泪，说："我这辈子就这一个朋友啊！"桌上有一幅刚刚画好的画，被眼泪打得湿透，已看不出画的什么，只见画的右上角题了四个字："遥寄德熙"。此乃真痛也。

这一节确实是扯远了点。可这一种友谊，实为难得。用朱德熙夫人何孔敬在《长相思》前言中的话说，他们是"金石至交"。

苏州大学教授范培松曾给我说过一个笑话，此笑话是作家陆文夫在世时说的。陆文夫多次说，"汪老头很抠"。陆文夫说，他们到北京开会，常要汪曾祺请客。汪总是说，没有买到活鱼，无法请。后来陆文夫他们摸准了汪曾祺的遁词，就说"不要活鱼"。可汪曾祺仍不肯请。看来汪老头不肯请，可能还"另有原因"。不过话说回来，还是俗语说得好，"好日子多重，厨子命穷"。汪曾祺肯定也有自己的难处。

"买不到活鱼"，现在说来已是雅谑。不过汪曾祺确实是将生活艺术化的少数作家之一。他的小女儿汪朝说过一件事。汪朝说，过去她的工厂的同事来，汪曾祺给人家开了门，朝里屋一声喊："汪朝，找你的！"之后就再也不露面了。她的同事说"你爸爸架子真大"。汪朝警告老爷子，下次要同人家打招呼。下次她的同事又来了，汪老头不但打了招呼，还在厨房忙活了半天，结果端出一盘蜂蜜小萝卜来。萝卜削了皮，切成滚刀块，上面插了牙签。结果同事一个没吃。汪朝抱怨说，还不如削几个苹果，小萝卜也太不值钱了。老头还挺奇怪，不服气地说："苹果有什么意思，这个多雅。"——"这个多雅"，就是汪曾祺对待生活的方式。

美籍华人作家聂华苓到北京访问，汪曾祺在家给安排了家宴。汪曾祺在《自得其乐》里说，聂华苓和保罗·安格尔夫妇到北京，在宴请了几次后，不知谁忽发奇想，让他在家里做几个菜招待他们。他做了几道菜，其中一道煮干丝，聂华苓吃得非常惬意，最后连一点汤都端起来喝掉了。煮干丝是淮扬菜，不是什么稀罕菜，但汪曾祺是用的干贝吊的汤。汪曾祺说"煮干丝不厌浓厚"。愈是高汤则愈妙。台湾女作家陈怡真到北京来，指名要汪先生给她做一回饭。汪给她做了几个菜，一个是干贝烧小萝卜。那几天正是北京小萝卜长得最足最嫩的时候。汪曾祺说，这个菜连自己吃了都很诧异，味道鲜甜如此！他还给炒了一盘云南的干巴菌。陈怡真吃了，还剩下一点点，用一个塑料袋包起，带到宾馆去吃。

看看！这个汪老头真"并不是很抠"。其实是真要有机缘的。

汪老头在自己家吃得妙，吃得"雅"。在朋友家，他也是如此。可以说，是很"随意"。特别是在他自己认为"可爱"的人家。但这种"随便"，让人很舒服。现在说起来，还特有风采，真成了"轶事"。

一九八七年，汪曾祺应安格尔和聂华苓之邀，到美国爱荷华参加"国际写作计划"。他经常到聂华苓家里吃饭。聂华苓家的酒和冰块放在什么地方，他都知道。有时去得早，聂华令在厨房里忙活，安格尔在书房，汪曾祺就自己倒一杯威士忌喝起来。汪曾祺后来在《遥寄爱荷华》中说："我一边喝着加了冰的威士忌，一边翻阅一大摞华文报纸，蛮惬意。"有一个著名的"桥段"，还是在朱德熙家里的。有一年，汪去看朱，朱不在，只有朱的儿子在家里"捣古"无线电。汪坐在客厅里等了半天，不见人回，忽然见客厅的酒柜里还有一瓶好酒，于是便叫朱的半大的儿子，上街给他买两串铁麻雀。而汪则坐下来，打开酒，边喝边等。直到将酒喝了半瓶，也不见朱回来，于是丢下半瓶酒和一串铁麻雀，对专心"捣古"无线电的朱的儿子大声说："这半瓶酒和一串麻雀是给你爸的。——我走了哇！"抹抹嘴，走了。

这真有"访戴不见，兴尽而回"的意味，又颇能见出汪曾祺的真性情。

在美国，汪曾祺依然是不忘吃喝。看来吃喝实乃人生一等大事。他刚到美国不久，去逛超市，"发现商店里什么都有。蔬菜极新鲜。只是葱蒜皆缺辣味。肉类收拾得很干净,不贵。猪肉不香,鸡蛋炒着吃也不香。鸡据说怎么做也不好吃。我不信。我想做一次香酥鸡请留学生们尝尝。"又说:"南朝鲜人的铺子里什么佐料都有,'生抽王'、镇江醋、花椒、大料都有。甚至还有四川豆瓣酱和酱豆腐(都是台湾出的)。豆腐比国内的好,白、细、嫩而不碎。豆腐也是外国的好,真是怪事!"

住到五月花公寓的宿舍,也是先检查炊具,不够。又弄来一口小锅和一口较深的平底锅,这样他便"可以对付"了。

在美国,汪曾祺做了好几次饭请留学生和其他国家的作家吃。他掌勺做了鱼香肉丝,做了炒荷兰豆、豆腐汤。平时在公寓生活,是他"做菜",古华洗碗(他与古华住对门)。

在中秋节写回来的一封信中,他说,"我请了几个作家吃饭"。菜无非是茶叶蛋、拌扁豆、豆腐干、土豆片、花生米。他还弄了一瓶泸州大曲、一瓶威士忌,全喝光了。在另一封信中,他说请了台湾作家吃饭,做了卤鸡蛋、拌芹菜、白菜丸子汤、水煮牛肉,"吃得他们赞不绝口"。汪自己得意地说,"曹又方(台湾作家)抱了我一下,聂华苓说,'老中青三代女人都喜欢你'。"看看,老头儿得意的,看来管住了女人的嘴,也就得到了女人的心。

汪曾祺对美国的菜也是评三说四,他说,"我给留学生炒了个鱼香肉丝。美国的猪肉、鸡都便宜,但不香,蔬菜肥而味寡。大白菜煮不烂。鱼较贵"。

看看！简直就是一个跨国的厨子！这时的汪曾祺，也开始从中国吃到美国，吃向世界了。他的影响力，也从大陆走向台湾，走向了华语世界的作家中。

一本《五味——汪曾祺谈吃散文三十二篇》，竟显天下美味。茨菇、蒌蒿、荠菜、枸杞、马齿苋、苦瓜、葵、薤、萝卜、瓜、莴苣、蒜苗、花生、韭菜花、菠菜、苞谷、豌豆、蚕豆、眼子菜、抱娘蒿、江荠，等等，都在汪先生笔下开花；鲫鱼、刀鱼、回鱼、黄河鲤鱼、鳜鱼、石斑、虎头鲨、昂刺鱼、凤尾鱼、鳝鱼、螺蛳、蚬子、砗儿、河豚也在先生的文字中游弋。为了写这篇长文，我又将《五味》找出重读，于是每晚便蜷于沙发，一篇一篇翻去，一字一字诵出声来，真真是美味无穷。

一本薄薄的小书，所谈皆为吃喝：炒米、焦屑、咸菜茨菇汤、端午的鸭蛋、拌菠菜、拌萝卜丝……可写得文采缤纷，饶有兴致。《昆明菜》一篇，说到昆明的炒鸡蛋："炒鸡蛋天下皆有。昆明的炒鸡蛋特泡。一掭翻面，两掭出锅，动锅不动铲。趁热上桌，鲜亮喷香，逗人食欲。"真的把人的食欲给"吊"了起来。此文精彩处还多，我出声读一遍，你跟着我读：

> 华山南路与武成路交界处从前有一家馆子叫"映

时春",做油淋鸡极佳。大块鸡生炸,十二寸的大盘,高高地堆了一盘。蘸花椒盐吃。二十几岁的小伙子,七八个人,人得三五块,顷刻瓷盘见底矣。如此吃鸡,平生一快。

过瘾啵?再引一段:

> 昆明旧有卖鸡杂的,挎腰圆食盒,串街唤卖。鸡肫鸡肝皆用篾条穿成一串,如北京的糖葫芦。鸡肠子盘紧如素鸡,买时旋切片。耐嚼,极有味,而价甚廉,为佐茶下酒妙品。

是不是很好?可是汪老头后来还是忧心忡忡:估计昆明这样的小吃已经没有了。曾与老昆明谈起,全似孟元老《东京梦华录》中所记了也。不胜感叹。

《口味 耳音 兴趣》写到人的口味,"有人不吃辣椒。我们到重庆体验生活。有几个女演员去吃汤圆,进门就嚷嚷'不要辣椒!'卖汤圆的冷冷地说'汤圆没有放辣椒的!'"写吃,其实是写人,口气中把人物都托出来了。

除昆明的吃食,对故乡的吃食汪曾祺写得更多。故乡是和童年联系在一起的,也是与食物联系在一起的。汪先生是十分热爱故乡的。他的作品,大部分写的是故乡。除写故乡的人和事外,多为故乡的风物和吃食。他在《故乡的食物》中极尽能事写故乡的那些吃食：故乡的"穿心红萝卜"，故乡的荠菜、马兰头，故乡的芫荽（香菜），故乡的虾子豆腐羹，故乡的炒米，故乡的咸菜茨菇汤……

他在散文中多次提到《板桥家书》："天寒冰冻时暮，穷亲戚朋友到门，先泡一大碗炒米送手中，佐以酱姜一小碟，最是暖老温贫之具。"他在《炒米和焦屑》一文写道："入了冬，大概是过了冬至吧，有人背了一面大筛子，手持长柄的铁铲，大街小巷地走，这就是炒炒米的。有时带一个助手，多半是个半大孩子，是帮他烧火的。请到家里来，管一顿饭，给几个钱，炒一天。或二斗，或半石，像我们家人口多，一次得炒一石糯米。……一炒炒米，就让人觉得，快要过年了。"

晚年的汪曾祺，对故乡是念念不忘的。是呵，朱自清也曾说过"儿时的记忆是最有味的"，青灯有味是儿时啊。

有一年初夏，我回老家天长办事（我的家在高邮湖西岸），回北京时，从家里给汪先生带了二十几只"忘蛋"，——就是汪先生在《鸡鸭名家》里写的"巧蛋""拙蛋"：孵小鸡孵不出来的蛋。不知什么道理，有些小鸡长不全，多半是长了一个头，下面还是一个蛋。有的甚至已长全了，只是没有"出"出来。民间说，小孩子吃不得，吃了会念不好书，变笨。所以也叫"忘蛋"，反过来说是"巧蛋"。——他非常高兴，因为他几十年见不到这样的东西了。只是"忘蛋"要会做才行。"忘蛋"剥开洗净，已变成小鸡出毛的,要退绒毛,放咸肉片和大蒜叶红烧。

汪先生少年时在家乡是吃过"忘蛋"的。他自己说:"很惭愧,我是吃过的,而且味道很不错。"我给他带的那二十几个"忘蛋",不知汪先生吃了没有?吃后感觉如何?我忘了问他。倒是我一同给他带的一只风鹅,他念念不忘,说味道很好。风鹅各地都有,但我们家乡的风鹅,味道独特。每年都是我母亲在腊月里"风"。——风鹅不用捋毛,只要掏空内脏,塞上盐和五香八桂,挂在背凉处。——母亲"风"的风鹅咸淡适中,酥、香,入口绵柔,实在是佐粥的好菜。

我在北京工作的时候,去汪先生家,他总是会留饭的。有一年,大约是一九九一年,我同爱人一起到他家,他留我们吃饭,给我们拌了一个凉拌海蜇皮,放了很多蒜花。至今我爱人还说,老头儿拌得真是好吃,又脆,又爽口,清淡不腻,实在好吃!

去年冬天,我回老家看望父母,特地开车沿高邮湖大堤绕了一圈。冬日的高邮湖冷清无比。湖边的芦苇直直地挺立着,连吹动它的风都没有。闪着白光的湖面,有船只泊在湖上。我总觉得船上的生活有些神秘,多少有些浪漫的想象。我看着冬日湖上的白色水光,充耳是鹅鸭的声音,有夫妇在湖边结网。在湖滨的一个朋友家吃饭,除吃到湖里的大白条鱼,朋友的妻子还从一个小玻璃瓶中掏出小半碗腌小蒜。我白嘴尝了一口那久违了的家乡的小菜。仅一口,却一下子勾起了我儿时的记忆。我想,如若汪先生在世,我给先生捎上一瓶,先生定会非常高兴。说不定又会写出一篇《小蒜》。这本谈吃的三十二篇散文之中又会多出一篇来!

汪先生在《家常酒菜》中说:

> 家常酒菜,一要有点新意,二要省钱,三要省事。偶有客来,酒渴思饮。主人卷袖下厨,一面切葱蒜,调佐料,一面仍可陪客人聊天,显得从容不迫,若无其事,方有意思。如果主人手忙脚乱,客人坐立不安,这酒还喝个什么劲!

看过汪先生一张照片,穿着毛线背心,系着有图案的长围裙,站在一个案子前,案子上大大小小七八个碗盏里堆着各种原料和配料。汪先生手中端着一个瓷盘,神态自如,安闲若素,脸上带着微笑。这张照片是他和王世襄、范用在一次家庭聚会上拍的。记着范用写过,有一个时期,京中这几位"老饕",隔一段时间,聚一下,每人自带一个菜的原料,去到现场,自己动手,展示手艺。这张照片大约就是那个时期的产物,从照片看,汪先生正如他自己说的"从容不迫,若无其事"。

不过,汪先生能做、会做的,也只是"家常小菜",正如他多次谈到的煮干丝、麻婆豆腐和茶叶蛋。他的小女儿汪朝对我说过,别看老头子谈得头头是道,他自己会做的,也就是一些小菜,一些家常菜。那些鲍鱼、龙虾,一是他吃的机会少,二是没机会亲自弄,话说回来,他也未必看得上。汪朗也对我说过,老爷子会做的、做得好的,也就是那几道菜。

说到豆腐,汪先生在《旅食与文化》题记中说,一次到医院做检查,发现食道有一小静脉曲张,医生嘱咐不能吃硬东西,连苹果都要搅成糜。这可怎么活呢?可是老头子还挺自信:幸好还有"世界第一"的豆腐,他说:"我还是能鼓捣出一桌豆腐席来的,不怕!"

这并非妄话,汪先生对豆腐确是颇有研究。他有一篇长文,专门写各地豆腐,有北京的老豆腐、湖南的水豆腐、干豆腐、豆腐干、千张(百叶)、豆腐皮(油皮、皮子)。吃法有香椿头拌豆腐、虎皮豆腐、家乡豆腐、菌油豆腐、"文思和尚豆腐"、麻婆豆腐、昆明的小炒豆腐、高邮的汪豆腐、北京的豆腐脑、四川的豆花、扬州的大煮干丝、湖南的油炸臭豆腐干、杭州的炸响铃、安徽屯溪的霉豆腐……极尽豆腐之能事,把各地豆腐的做法和吃法介绍了个遍。汪老头以为香椿拌豆腐是拌豆腐里的上上品,"一箸入口,三春不忘",麻婆豆腐和煮干丝是老头儿的拿手好戏,他说,"煮干丝成了我们家的保留节目"。干丝是淮扬名菜,大方豆腐干,快刀横披为片,刀工好的师傅一块豆腐干能片十六片，再立刀切为细丝。这种豆腐干是特制的，极坚致，切丝不断，又绵软，易吸汤汁。煮干丝没有什么诀窍，什么鲜东西都可以往里搁，"我的煮干丝里下了干贝"，上桌前要放细切的姜丝，要嫩姜。——这已是很讲究了。

是的，豆腐是家常菜中的家常菜。梁实秋说，豆腐是中国食品中的瑰宝。连知堂老人都说"豆腐这东西实在是很好吃的"。知堂写过一文《豆腐》，他说，有一回家里在寺院做水陆道场，他去了几回，别的都忘了，只记得"有一天看和尚吃午饭，长板桌长板凳，排坐着许多和尚，合掌在念经，各人面前放着一大碗饭，一大碗萝卜炖豆腐，看上去觉得十分好吃"。但要把豆腐做好做绝做讲究，还是需要一些心思的。曾看过一篇写马叙伦的文章，马先生曾发明的一种独家秘方"三白汤"，即白菜、笋和豆腐。他曾在北京中央公园的长美轩写下"三白汤"的方子。他说正宗的"三白汤"要杭州的笋、杭州和天竺豆腐，这个汤的汁水要二十多种配料，材料"可因时物增减，惟雪里蕻为要品"。此菜一时为北京餐馆中的名菜，和"赵先生肉""张先生豆腐"一道成为风雅的肴馔。

汪先生写《金冬心》，写扬州大盐商程雪门宴请新任盐务道铁大人铁保珊，特邀金冬心做陪。在文中汪曾祺写了请客的场面，列了很长的一个菜单：宁波瓦楞明蚶、兴化醉蛏鼻、阳澄湖醉蟹、新从江阴运到的河豚鱼；甲鱼只用裙边，鲑花鱼不用整条的，只取腮下的两块蒜瓣肉，车螯只取两块瑶柱……这也只是汪先生的卖弄，正如黄裳所说的，是"才子文章"，"不过是以技巧胜"。这些菜若要叫汪先生做，他是做不出来的（用他自己的话说："是要'翻白眼'的。"）。也许，他根本不屑去做。

所以，汪曾祺的美食，也只是平民美食，是老百姓的"家常"美食。或者说，是文人的美食。汪曾祺自己也说：文人所做的菜，很难说有什么特点，但大都存本味去增饰，不勾浓芡，少用明油，比较清淡。学人做的菜该叫什么菜呢？叫作"学人菜"，不大好听，我想为之拟一名目，曰："名士菜"。

汪先生的"菜"，大约即可称为"名士菜"。这也符合他的性情。这个结论，是可以下的。

原刊《读书》二〇一三年第十期

湖东汪曾祺

这个老人,是不随和的

今年春节,一个下午我特别无聊,于是就从湖西天长开车去湖东高邮。冬日的天空清冷寂寞,车子驶出县城,很快上了乡村道路,没有一刻钟,就完全行驶到高邮湖区的低洼的水荡之中的土路上了。四周河汊交横,大片的芦苇高过人头,一丛一丛,像一束箭矢。正如汪曾祺在《受戒》的结尾所说:"紫灰色的芦穗,发着银光,软软的,滑溜溜的,像一串丝线。"

这样去高邮对于我已经不是第一次了。去了也只是在街上转一转,大运河边走走,或者,文游台汪曾祺纪念馆的石阶上坐一坐。不会去麻烦一个人。麻烦了别人,你自己也拘束受累。其实你是没有什么别的事情的。

我对湖东的汪曾祺也是有一个逐步认识的过程。从刚开始学习他的小说创作法,到后来的迷恋他的人格和风采,到写出《忆·读汪曾祺》这样一本书,其实我至今并没真正读懂汪曾祺。

我是走了捷径了的。从抄了他的《晚饭花集》,到上鲁迅文学院结识他,一切仿佛那么自然,又是那么的顺汤顺水。他对我和另外一个青年总是客客气气。他说过:"你们两个人身上没有什么俗气。"这是对我们最高的评价了。我也曾经给过他两篇小说,私心中想请他写几句话,也好抬高抬高自己,可是并未能如愿。那个事也就过去了。

提起这件事,是因为我刚听说了一件事。说有个文学青年在某个场合认识了汪先生,不久就到汪宅去拜访。这是一个痴迷得有点癫狂的青年。他为了能每日聆听教诲,索性就住到了汪宅。汪宅并不大,他于是心甘情愿睡地下室,这样一住就是多日,每天大早就举着一把牙刷上楼敲门。有一次他还带来了儿子,老头儿还带着孩子上街去买了一只小乌龟。可是这个青年实在是没有才华,他的东西写得实在是不行。每次他带来稿子,都要叫老头儿给看。老头儿拿着他的稿子,回头见他不在,就小声说:"图穷匕首现。"

这个湖东的老人,他是善良而纯真的。他在《自报家门》中说:"我父亲是个随便的人,比较有同情心,能平等待人。"这个老人,他也从他的父亲那儿学习了这些品格。他认为这个文学青年,从事一种很艰苦的工作,挺不容易的。可他确实写得不好。每次带来的稿子都脏兮兮的。老头终于还是无法忍受，他用一种很"文学"的方式，下了逐客令——一天大早，青年又举着牙刷上楼敲门，老头打开门，堵在门口。一个门里，一个门外，老头开腔了：一、你以后不要再来了，我很忙；二、你不允许在外面说我是你的恩师，我没有你这个学生；三、你今后也不要再寄稿子来给我看。

讲了三条，场面一定很尴尬。

我听到这个"故事"是惊悚的，也让我出了一身冷汗。十五年过去了，今天回忆起那时到这个老头家的那些快乐时光，更加庆幸自己的无知和年少时的无畏了。

这个老头是不随和的。我们多数时候，是误读了这位老人。以为他做做菜、画画画、喝喝酒，就好说话了。他是不随意附和别人的。他不会敷衍和应付。这从他的文学观就能看出，他在一九八六年为《自选集》写的自序中说："我是相信创作是有内部规律的。我们的评论界过去很不重视创作的内部规律，创作被看成是单纯的社会现象，其结果是导致创作缺乏个性。"其实，这个观点，不仅仅是他六十岁后的认识，他二十七岁，在上海写的《短篇小说的本质》，就庄严地宣布了"要在一样浩如烟海的短篇小说之中，为自己的篇什觅一个位置"。之后他的一生，都在追求"创作的个性"（所以这个文学青年，是无论如何不可能成为"汪曾祺的学生的"）。不久前扬州的杜海公布了汪曾祺一篇极短的逸文《说"怪"》，此篇也是汪曾祺读了杜海给他看的习作之后写的读后感。他在文中希望家乡的文学青年,"要充分表现个性,别出心裁","能够继承扬州八怪的传统,尽量和别人不一样"。

我在今年这个春节到高邮转了一圈,回来思考思考,我发现了以上的结论。在高邮的文游台,我坐在青石台阶上,身下的青石透凉浸骨,它却对我的思索是有益的。是的,看看汪曾祺留下的文字吧:《受戒》、《大淖记事》、《异秉》、《葡萄月令》,就连《沙家浜》的剧本,无不"充满个性"。

汪先生研究的几个空白

汪曾祺是对故乡最充满深情的一位作家。他笔下的作品,大部分是描写故乡的。可是有一个现象学界一直没有注意过:汪曾祺十九岁离乡,直到六十一岁才第一次回乡。他为什么四十多年不回故乡?是千山万水、旅途阻隔?不会吧,即使在上世纪六七十年代,京沪线还是相对方便的,到了南京,换乘长途车直达高邮,也不是太困难。是没时间?没旅费?都不像。而他却通过笔下的文字,一次次抵达(回到)故乡。故乡的风物、人情、吃食以及街衢巷里、三教九流,都在他的笔下得以复活。陆长庚(《鸡鸭名家》)、王二(《异秉》)、小英子、明子(《受戒》)、王瘦吾、陶虎臣、靳彝甫(《岁寒三友》)、巧云、十一子(《大淖记事》)、王玉英（《晚饭花》)、叶三、季匋民（《鉴赏家》)、陈小手（《陈小手》)、章叔芳（《小姨娘》)、崔兰（《水蛇腰》)……我想，这些名字的背后都是有一个真实的高邮人存在的。或许他们已经故去，但他们是真实存在过的，并且是高邮人。汪曾祺是多么热爱他的故乡啊！他为高邮留下了那么多优美的文字。

汪曾祺四十多年不回故乡的问题我虽然始终没有搞懂，但从创作上来讲，这一种与故乡保持一定的隔膜，对创作是有益的。这使记忆中的故乡，相对较完整地保存，是会产生一种创作上叫作"间离"的效果的。但我想，汪曾祺绝不是为了保持这种"创作效果"而故意不回故乡，一定是另有隐情。他自己不说，别人也无从理解。但从汪曾祺研究上来说，这一段空白，是有意思的，是值得注意的。

在生活中，汪曾祺并不是一个特别善于表达的人。他的话并不多，有时喝了几杯酒，话稍多一点，但也不是很多。他也不是一个善于交际的人。他虽不如他笔下的高北溟（他的小学和初中老师）那样"看起来是个冷面寡情的人"（其实不是这样，他只是把他的热情倾注在教学之中），但终归不是活跃的、喜于表达的那一类。

他把他的热情全部倾注到创作中去了。他年轻时就写得那么好。他早期一篇很长的散文《花园》，对于研究汪曾祺，应该是一篇很重要的作品。《花园》充分显示出汪曾祺的创作才能，他对事物的细部描写得那样丰沛、细微和准确。比如："一下雨，什么颜色都郁起来，屋顶，墙，壁上花纸的图案，甚至鸽子：铁青子，瓦灰，点子，霞白。宝石眼的好处这时才显出来。于是我们，等斑鸠叫单声，在我们那个园里叫。等着一棵榆梅稍经一触，落下碎碎的瓣子，等着重新着色后的草。"足以证明汪曾祺早年才华的展露，也印证了汪曾祺自己所说："沈从文很欣赏我，我不但是他的入室弟子，可以说是得意高足。"汪先生的这句话并非空穴来风。

不久前，山西的李国涛先生给我寄来了汪曾祺一九八七年八月写给他的两封信。这是两封非常重要的信。其中一封信中写道："一个人不被人了解，未免寂寞。被人过于了解，则是可怕的事。我宁可对人躲得稍远一些。""让那些学我的人知道我是怎么回事，免得他们只是表面的摹仿，'似我者死'。——我很不愿意别人'学'我。一个人的气质是学不来的。""《职业》是我自己很喜欢的一篇。但读者多感觉不到这篇小说里的沉痛。"这对解开汪曾祺对自己作品的认识颇有帮助。汪曾祺曾在《晚饭花集》的自序中说过：他对自己的作品都还喜欢，无偏爱。别人若问他喜欢自己的哪篇作品，他也是笑而不答。而这一次，给李国涛的信中，汪先生却着重说出"《职业》我自己是很喜欢的"，可见他对《职业》的重视和偏爱。

今天的高邮，岁月的影子

一九九五年，长江文艺出版社给汪曾祺编了一本小说集《矮纸集》（一九九六年出版）。这部作品集应是汪曾祺作品的一个重要文本。它的编法是"以作品所写到的地方为背景"，进行分组，这个主意是汪曾祺自己拿的。编完，汪先生发现"写得最多的还是故乡高邮"。这个集子的后面附有一篇李国涛的跋《读〈矮纸集〉兼及汪曾祺文体描述》，这是汪曾祺研究上很重要的一篇评论，但多被忽略。我希望今后出汪曾祺作品集时能将这篇评论给附上，这对理解汪曾祺是有益的。

这个春节的午后，高邮的街上相对显得寂寞冷清。路上行人并不多。特别是到了黄昏，店铺和人家几乎都关了门。我游荡在运河大堤上，运河的水面还是很广阔的。运河上现在建了一座很现代的桥，过了桥，到河的西岸，就是浩浩淼淼的高邮湖了。我将车直接从桥上开过去，停在湖边的一片空旷处。湖面上冷冷清清，水波涌动着，无边无际，让人心中生出一种空虚的感觉。一个老人弄了一只游艇，在兜揽游客，可是没有一个人。他对我说："兜个风吧？"我摇摇头，他见我没兴趣，便去忙自己的了。

我在湖边坐了一会，冰冷的风灌到胸口。我转身离去，当车驶过一处僻静的街巷，一股青烟飘了过来。这个时候还有卖吃食的小摊呢。我寻着青烟走了过去,空荡荡的街边只有这一个卖面饺馄饨的妇人。坐下,要了一碗虾籽面,酱油很浓,我热热地吃下去,身上马上热了起来。

这样的行走虽然并不能回到汪曾祺时代的高邮,但多少还是能感受到半个世纪前高邮的气息的。小城虽变化很大,可生活在其中的人,还是高邮人。他们的口音、习性、饮食,甚至泼痞骂街,还是会带着岁月的影子。人的有些东西是很难改变的。正如汪曾祺在《钓人的孩子》中所说:"每个人带着一生的历史,半个月的哀乐,在街上走。"

高邮使汪曾祺从小受了美的教育。他在《自报家门》中说,他的写作跟从小喜欢东看看西看看有关。这些店铺、这些手艺人使他深受感动,使他闻嗅到一种辛劳、笃实、轻甜、微苦的生活气息。他同时说:"我的审美意识的形成,跟我从小看父亲作画有关。"这些童年印象,深深地注入汪曾祺的记忆,他一生中的很多篇文章都是写的这座封闭的、褪色的小城人事。

这个十九岁从湖东高邮走出去的青年,正如他的老师沈从文所说:"凭着手中的一支笔,真的打下了一个天下。"

原刊《北京晚报》二〇一二年六月二十三日

"他年轻时就那么好"

看了汪曾祺二十几岁的文字,才知道汪曾祺为什么这么好。年轻的汪曾祺啊,难怪沈从文要说,要是再给他机会,也许还能够教出一两个汪曾祺这样的学生。我们也才能明白沈从文为什么会说"汪曾祺写得比我好"这种没有"原则"的糊涂话来。

黄昏将来临了,我坐在窗口,眼前是外面的楼群和高大的松树树尖,一片墨绿。我读一段,抬头望望我的那一大片墨绿,有风不住地扇动门窗,墨绿的树顶在摆动,发出"沙沙沙"的声响。塔楼的钟声敲响了,清脆激越,在风中震颤着,传出很远。

"当当当,当当当。"

现在是黄昏六点钟了。

我继续读这篇文字。

《昆明草木》写于上海,汪曾祺已从昆明来到上海,在这个大都市中,汪曾祺显然有些不能适应,这里毕竟没有昆明的宁静和缓慢,汪曾祺用写作驱赶寂寞。这篇散文写于上海，也发表在一九四六年二月的上海《文汇报》上。一九四六年，汪曾祺才二十六岁，他还是一个连工作都没有找到的落魄的青年。

读汪曾祺早期散文，我在初秋一个舒服的下午，安静极了。我一个人，安静极了。有许多地方，我想读它几遍，又想把它全部记在心中。把它们都引出来，有这样的冲动，说明这些文字皆指引着我，震颤着我的心。往往我们在读一篇文章的时候，能有多少文字拨动我们的心？汪曾祺在年轻的时候，就很有文学感觉，而且笔下"灵异"，道别人不常道之语。比如他的《百合的遗像》，我引一段：

> 下着雨，没有甚么事情，纱窗外蒙蒙绿影，屋里极其静谧，坐了半天。看看烧瓶里水已黄了，问："怎么不换换水？"孟说："由他罢。"桌上有他批卷子的红钢笔，抽出一张纸画了两朵花。心里不烦躁，竟画得还好。松和孟在肩后看我画，看看画，又看看花，错错落落谈着话。
>
> 画画完了，孟收在一边，三个人各端了一杯茶谈他桌台上路易士那几句诗，"保卫比较坏的，为了击退更坏的，"现代人的逻辑啊，正谈着，一朵花谢了，一瓣一瓣地掉下来，大家看着它落。离画好不到五分钟。
>
> 看看松腕上表，拿起笔来写了几个字：
>
> "遗像……某月日下午某时分，一朵百合谢了。"

第二天,我仍然追随着这些文字。我读累了。读了半天了,眼睛酸了,我站起来走到窗前,窗外的一溜紫藤长廊。在长廊边上的两棵桂花树上,有三只灰喜鹊,它们拖着长长的、盛装似的小尾巴,一忽儿树上,一忽儿草地,飞上飞下,欢腾着,嘎嘎叫着,而在远处不知什么地方,有斑鸠的"咕——,咕咕咕"、"咕——,咕咕咕"的叫声,两处相呼应。远声,往往细听,总有那么点寂寞的况味。

我读了一会儿,抬起头来,桂花树下的两只灰喜鹊已不见,空余寂静。

散文的灵魂和味道,我以为,最主要的是要有独到的人生体悟和感觉,笔下的语言还要灵动,笔下当然有千万种方式。汪曾祺的老师沈从文,当然亦有此能力。看看《湘行散记》,即可明白。《湘行散记》,可以反复去读,这样的文字读多了,就学会自己如何去驱使文字。他在《横石与九溪》里写的这些话,就不是我们平常人笔下能有的:

> 船去辰州已只有三十里路,山势也大不同了,水已较和平,山已成为一堆一堆黛色浅绿色相间的东西。两岸人家渐多,竹子也较多,且时时刻刻可以听到河边有人做船补船。敲打木头的声音。山头无雪,虽无太阳,十分寒冷,天气却明明朗朗。我还常常听到两岸小孩子的哭声,同牛叫声。小船行将上个大滩,已泊近一个木筏,筏上人很多。上了这个滩后,就只差

一个长长的急水，于是就到辰州了。

还有一个西班牙作家阿左林，亦是"是这一个不是那一个"的独一份。多年前汪曾祺就念念不忘地推崇他，可是那时我们还不能读到他的书。近几年大陆出版了他的《西班牙小景》（徐霞村、戴望舒译），才使我有幸读到这本书，细细去读，真是越读越妙，越读越感叹，越读越神奇（翻译过来还这么好，如同《百年狐独》一样的！人类虽生活的地域和所用语言不同，看来有许多精神的东西是一致的）。这个阿左林，真是个"独一份"的作家！他是那么的特别。他那么简洁，那么真诚。他几乎不浪费笔墨。一个西班牙人，他不懂得中国画，可他同样晓得白描的手法，晓得中国画式的留白。他的写作，他只写他知道的，从不故意去臆想捏造生活。他是那么的好，那么的短小，值得你一个字一个字地去读。他的确是一个可以培养作家的作家。

我来引用这篇叫作《安命》的短小的文字：

> 多思加诺先生住在一条冷落的街上。他的房间是一间屋顶楼。在那间屋顶楼里有一张桌子，一张床，一个柜子，一个洗脸台，两三把椅子和一个小桌子，还有些书。在墙上，你可以看到四五幅古画。
>
> 多思加诺先生戴着眼镜，生着很长的胡须，他衣

衫褴褛，但是总是清洁的。他的粗布的衬衫非常干净。他是照例每天换衬衫的。

"多思加诺先生，"有时有些头脑简单的人问他，"听说你以前很有钱，是真的吗？"

多思加诺先生微笑了。

"我想是这样！"他用一种窘得有些滑稽的神气回答，"比此地坐汽车招摇过市的人还有钱，还有钱……"

多思加诺先生家原来十分富有，他有漂亮的妻子和一双儿女，住在马德里，有车子和房子。可是因为生活的变故，他的妻子和孩子都死了，财产也耗尽，他搬到这个小镇上来度过自己的余生。作者把多思加诺先生写得十分淡定。真是一种"曾经沧海"的人生。他虽贫困，衣衫褴褛，可总是十分清洁，粗布衬衫也每天都换，保持着人的尊严，这是十分可贵的。"淡定"和"尊严"，应该是这一篇一千多字短小说的"精气神"，或者说"文眼"。

文的最后作者写道：

> 一年中，每天的多思加诺都是一样的，每月都是一般无二地过去的。他收拾他的小房间，出门到博物院和图书馆去，去散步。他老是贫苦而清洁，老是穿着他的洁白无垢的衬衫。有一天，他的屋子看门人会

看不到他走下来,接着人们会知道他是病了。几天之后,一口简陋而黑色的棺木会从门口抬出来。

"我对于什么也没有遗憾,我对于什么也不鄙视,"多思加诺这样说。"我将带着现在伴随着我的宁静死去。"

写上这些,只是想和读者朋友交流阅读汪曾祺和上一代作家的体会,不知我的感觉对不对?因为每个读者的兴趣和口味也是不同的。从来没有一个作家可以包打天下的。

原刊《散文》二〇一五年第一期

汪曾祺的金钱观

汪曾祺好像跟金钱没什么关系。他给人的印象是飘逸、雅致、冲淡。其实,老头儿是食人间烟火的,而且有的时候还很幼稚、天真,见出其可爱。

"为了你,你们,卉卉,我得多挣钱!"

"我要为卉卉挣钱!"

每每读到这两句话,我都要从内心里发出微笑。

这句话出自汪曾祺的美国家书。一九八七年汪曾祺应聂华苓和安格尔夫妇之邀,到爱荷华参加"国际写作计划",在美生活了三个月,其间他一共写回家书二十多封。

在美期间,汪曾祺接触到世界各地的作家,眼界开阔,心情舒畅,"整个人开放了"。汪自己说"我好像一个坚果,脱了外面的硬壳"。

汪曾祺说上面这番话的缘由是台湾的出版社要出他的小说集,《联合报》也转载了他的小说《安乐居》、《金冬心》和《黄油烙饼》等,这些都是要以美元来付稿费的。他在信中说:"我到了美国,变得更加 practical(实际),

这是环境使然。"之后就说了以上的这番话。这里的"你",是他的夫人施松卿;"卉卉",则是他的孙女。

汪曾祺在这句话中,充满了兴奋、自负,甚至还有一点点的自豪!人都似乎有点飘飘然了!自信得有点不知如何是好的样子。——不像出自汪曾祺之口。

其实,作家挣钱,又能挣多少呢?在金钱世界里,作家挣的那一点点钱,实在是太"小儿科"了。

"为了你,你们,卉卉,我得多挣钱!"

"我要为卉卉挣钱!"

这两句话,简直可以以口号高呼之。如若不是老头儿的幽默(这真的不是幽默),也足以见出这个老头儿的天真了。

在家书中,有多处提到稿费、版税、出版等事宜,在十二月的一封信中谈到,与台湾联合出版社签订版权转让契约。签了两种方式,一种百分之十的初版税(以后延续);一种一次付清版税(买断)。汪曾祺说:"我倾向于后一种,省得以后啰嗦!——拿它一千五百美金再说!"

依然是十分的兴奋和自得。

不过,也有心平气和之语。在另一封信中,汪曾祺说,古华劝他再写出十篇聊斋来(汪那时正忙于改写《聊斋志异》),凑一本书在台湾出版。"我不想这么干,赶写十篇,就是为写而写,为钱而写,质量肯定不会好。"汪接着说了这番话。看看!汪在创作的问题上,是绝对不会以金钱为目的的。关于此观点,在之前的信中,汪也说:"人不能尽为钱着想!"

大致来说,作家都是比较爱惜金钱的。因为作家的钱来得不易。前不久看书,说到孙犁,说孙犁小器、抠门。也有人说,老贾(平凹)也很"抠门"。这些都是可以理解的,作家挣的那点钱,才是真正的"血汗钱"呢!

其实,汪曾祺是有自己十分明确的金钱观的。一九九三年香港记者采访他,问他对市场经济如何看。他直截了当地说:"如果问市场经济对我的创作有什么影响,我的回答是:'无动于衷!'我认为文学不会被市场经济所左右,世界上许多国家早就实行了市场经济,照样有人写出了不朽的名著。不管将来市场经济怎样发展,我都要继续写作。只有写作能证明我的存在,使人能看到我的价值,使我为这个世界再增加点东西。写作是要耐得住寂寞耐得住清贫的,一些中青年作家耐不住,多半是因为没有过过吃不上饭的日子。我参加过许多豪华的宴会,却从不挂念,因为每次都吃不饱。我自己的生活很清贫,在我看来,一碗爆肚要比一碗鲍鱼好吃得多。这叫做安贫乐道吧!"(《香港作家》第三十一期,一九九三年四月十五日)

这已经够明白的了。这是汪曾祺第一次,也是唯一的一次,对金钱发表自己的观点。

原刊《文汇报》二〇一三年七月十二日

汪曾祺的两首佚诗

上世纪八十年代初,汪曾祺复出文坛(他四十年代已小有影响),以《受戒》和《大淖记事》博得名声,奠定了他在文坛的地位,各种笔会和社会活动纷至沓来。因汪书画俱佳,又会写旧体诗,颇具捷才。因此,每到一地,都会有人请他写字画画,于是在各地留下许多墨宝。高洪波一次说,一九九一年他参加云南红塔笔会,一天晚上,高洪波见黄尧等人抱着一大摞宣纸往汪的房间走。那时已很晚了,高喝住他们:"你们这是干什么?想把老头儿累死呵!"待走进房间,见又是一屋子人,地上、床上、沙发上,到处是写好的还没干透的字。

高洪波很生气,就哄大家走,又把刚才的话说了一遍:"你们干嘛啊!你们干嘛啊!你们想把老头儿累死是不是?"高洪波这一说,大家都挺尴尬,戳在那里不走。这时汪老头说话了:"嘿嘿……其实我是挺爱写的……"一句话,把一屋子人都说笑了起来。高洪波再看看提着毛笔扎叉着手的汪老头。汪老头眼睛红红的,熬的。

高洪波摇摇头,走了。

汪老头确实喜欢写。上世纪八十年代初参加太湖笔会,一群作家游太湖,宗璞等几位女作家在船上还打着伞,汪老头不动声色。游览完毕,下船时,汪老头往宗璞手心里塞了一张纸条,是随手撕下的半截香烟纸。宗璞展开了看,是汪的一首诗,写道:"壮游谁似冯宗璞,打伞遮阳过太湖。却看碧波千万顷,北归流入枕边书。"弄得宗璞一时很感动。

江苏的金实秋先生功莫大焉,他不怕辛苦、不厌其烦,到处收集散落各处的汪曾祺的佚诗,历经多年,编辑出版了一本《汪曾祺诗联品读》(大众文艺出版社,二〇〇九年版),收入汪曾祺诗联二百多首(副),这真是一件费时费事的事情。不久前,金先生又出版了《补说汪曾祺》,收入《汪曾祺诗联品读》之后汪的佚诗十二首。

近一个月,又有两首汪曾祺的佚诗被发现。其中一首是我不久前去高邮,几个朋友在湖边的渔村吃饭,席间高邮的柏乃宝对我说,他有一个熟人,知道汪曾祺有才,结婚时请汪先生给画幅画。汪老头欣然同意,没几天,老头儿叫来拿。画上是一片湖面,泊着船只,在画的一角,汪给题了四句诗:

> 夜深烛影长,
> 花开百合香。

> 珠湖三十六,
> 处处宿鸳鸯。

"珠湖三十六",高邮人都懂的。说高邮湖原有三十六珠湖。后来水大,漫成一片,遂成高邮湖。这首诗没有一字提到祝福,但处处体现了祝愿之意。意境之美,无以言说。得到的人和看过的人,都感到十分的温暖。我原以为在金实秋先生的《汪曾祺诗联品读》已收,回来之后,我查遍《汪曾祺诗联品读》和《补说汪曾祺》两书里的每一篇,都没有这首诗,看来肯定是佚诗无疑了。

另一首"桃柳杭州无恙否,当年风物尚如初。虎跑泉泡新龙井,楼外楼中带把鱼",是写给杭州徐正纶先生的。徐先生原供职浙江文艺出版社,是汪曾祺文论集《晚翠文谈》的终审编辑。《晚翠文谈》出版于一九八八年,这首赠诗写于"辛未年",即一九九一年。

汪曾祺在散文中多次写到杭州。一九四七年他在上海致远中学教书时,一次还和几个同事专程到杭州去玩。在《寻常茶话》中他写道:

> 一九四七年春,我和几个在一个中学教书的同事到杭州去玩。除了"西湖景",使我难忘的两样风物,一是醋鱼带把……一是在虎跑喝的一杯龙井。

在这段文字里,汪曾祺还详细描述了带把鱼的做法:"把活草鱼的脊肉剔下来,快刀切为薄片,其薄如纸,浇上好秋油,生吃。鱼肉发甜,鲜脆无比。我想这就是中国古代的'切脍'。"

这首诗写在宣纸上,是一幅绝美的书法作品。汪先生在这幅字上盖的印章也颇有意味。他盖了两个印章,其中一个印是"只可自怡悦"。这个来自陶弘景(南朝著名医药家、文学家)的名句:"山中何所有?岭上多白云。只可自怡悦,不堪持赠君。"

这个印汪曾祺在多幅书画作品中用过。他是偏爱的。

这个五月,汪曾祺离开我们十六年了。可他的趣闻轶事还在为人们所津津乐道。他的作品,许多人在读,并被各家出版社"不厌其烦"地出版。他的佚文、佚诗,还在不断地被人们发现。许多人在研究他。

这真是个神奇的老头儿。

原刊《文汇读书周报》二〇一三年七月十九日

汪曾祺在张家口

关于汪曾祺在张家口的文章不多,除汪先生自己的几篇:《葡萄月令》、《随遇而安》、《坝上》、《寂寞与温暖》、《沽源》外,几乎没有汪曾祺在张家口四年生活的研究资料。

前不久看到重庆的陈光愣写的一篇短文《昨天的故事》,虽不长,却让我大为惊奇,简直为我们复原了一段那时的生活,一个活生生的汪曾祺立于眼前。

文中最有趣的一个细节是:一九五九年,在农科所一次学习大会上,领导传达中央文件,提到毛主席提出不当国家主席,以便集中精力研究理论问题。传达完毕,汪忽然语出惊人,怀疑地说:"毛主席是不是犯了错误?"弄得四座为之失色,不知如何往下接话。幸亏在边远的张家口沙岭子的农科所,人还比较纯朴,没人出来发难。所领导愣了一会,于是岔开话题说,"大家的思路统一到党的指示的思路上来",敷衍了过去。

真不知道汪老头当时是怎么想的,怎么冒出这么一句奇怪的话来。也可能人在高压的政治环境下面,反而会说出一些匪夷所思的话来。几天前,我见到汪朗,把上面的这个细节说给他听。汪朗笑说,老头儿政治上比较幼稚。这个细节真好,确实从一个侧面证实了汪曾祺的单纯。

写这个故事的陈光愣老人,一九五八年从北京农业大学毕业,被划为一般右派分子,分配到沙子岭农科所之后,与汪曾祺在一个政治学习小组,后期又与汪同宿舍,这个回忆是可靠的。这个细节也绝非空穴来风。看看汪曾祺被打成"右派"的依据便可知道,这句话和他早期鸣放时的话语,何其相似。一九五七年"鸣放"时,汪曾祺在单位的黑板报上写了一段感想:

> 我们在这样的生活里过了几年,已经觉得凡事都是合理的,从来不许自己的思想跳出一定的圈子,因为知道那样就会是危险的。

他还给人事部门提意见,要求开放人事制度,吸收民主党派人士参加,说"人事部门几乎成了怨府"。

一九五八年"鸣放",汪曾祺写了小字报《惶惑》,说:"我爱我的国家,并且也爱党,否则我就会坐到树下去抽烟,去看天上的云。"又说:"我愿意是个疯子,可以不感觉自己的痛苦。"

看看,这些诗意的话,都挺飘逸呢。也只有"全是诗"

(黄裳语)的汪曾祺能说得出来。

打成"右派"后,他回家同妻子说:我现在认识到我有很深的反党情绪,虽然不说话,但有时还是要暴露出来。我现在只有两条路可走,一是过社会主义的关,拥护党的领导,另一条路就是自杀,没有第三条路。他凄切地向妻子转说单位领导林山和他谈话的内容,忍不住哭了起来。

到张家口沙岭子的农科所,汪曾祺最初的劳动是掏大粪、起猪圈粪。陈光愣回忆:上面派他跟一个又高又瘦胡子拉碴的老头一起赶大粪车。每天往返于沙岭子和张家口之间,在城里大街小巷招摇过市,骡子拉着大粪车在公路上嘚嘚地走,汪总是坐在车架上,头戴着护耳的深色绒帽,双手抄在棉衣袖筒里,一面听着骡蹄的叩击声,一面默默地眯起眼在想,一副老实巴交的农人的样子。

最锻炼人的当然是在寒冬刨冻粪了。室外零下几十度,人畜粪冻得硬如石头,得用钢钎、铁锹才能把粪弄进粪车。这样的劳动,汪也卖力干。汪自己在《随遇而安》中说:"像起猪圈、刨冻粪这样的重活,真够一呛。我这才知道'劳动是沉重的负担'这句话的意义。"陈光愣在《昨天的故事》中关于汪的描述是这样的:每每干得满头大汗、浑身蒸气笼罩,背心汗渍了也不敢脱去棉袄,进入了中医所谓的"内热外寒"的状态。

在劳动之余的政治学习会上,汪畅谈劳动心得体会,说:"古人为了治病,臭粪尚可嘴尝。现在改造思想,闻一闻臭粪又何妨?"(这是陈光愣的记述)汪自己后来则平静地说:"只要我下一步不倒下来,死掉,我就得拼命地干。"

在劳动锻炼的后期,汪从繁重的体力劳动转到果园上班,活则相对比较轻松了。他的《果园杂记》、《关于葡萄》和《葡萄月令》就是在果园劳动的产物。他是喷波尔多液的能手。他自己说:"这是一个细活。要喷得很均匀,不多,也不少。喷多了,药水的水珠糊成一片,挂不住,流了;喷少了,不管用。树叶的正面、反面都要喷到。"又说:"波尔多液颜色浅蓝如晴空,很好看。……喷波尔多液次数多了,我几件白衬衫都变成了浅蓝色。"最后汪说:"我觉得这活比较有诗意。"

还是归到诗上去。

在果园劳动之余,汪读了很多书。汪自己说:"我自成年后,读书读得最专心的,要算在沽源这一段时候。"陈光愣回忆说:"他的床头小桌上,堆满书籍,古籍为多。晚上,汪多数时间是坐在小桌前读书,读的多是《诗经》。汪有时说,如果能有那么一天的话,就去专门研究《诗经》。"汪先生在《随遇而安》中说:"带了在沙岭子新华书店买得的《癸巳类稿》、《十驾斋养新录》和两册《容斋随笔》。"在《七里茶坊》中说:"带了两本四部丛刊本《分门集注杜工部诗》。"汪晚年写随笔,时有提到以上的书,我想多是在张家口读书时留下的印象。人在艰苦环境下读的书,更容易记住。

有意思的是，汪在张家口时，还到一个叫沽源的县画了一段时间马铃薯。汪说："去时大约是深秋，呆了一两个月，天冷了，才离开。"在沽源，他每天一早起来，就蹚着露水，掐两丛马铃薯的花，两把叶子，插在玻璃杯里，对着它一笔一笔地画，上午画花，下午画叶子。到马铃薯成熟时，就画薯块。画完了，就把薯块放到牛粪火里烤熟了，吃掉。他在《随遇而安》中骄傲地说："像我一样吃过那么多品种的马铃薯的，全国盖无第二人。"而且他能分出土豆的品种名称："男爵"最大，"紫土豆"味道最好，还有一种类似鸡蛋大小的，很甜，可当水果吃。(这个老汪，真是个好吃精！)——最近有人到沽源考察，还有一种叫"黑美人"的，是黑瓤的（土豆多为黄瓤白瓤)！这一款，汪先生并没提到！

关于汪画马铃薯图谱，黄永玉后来在回忆中这样说：曾祺下放到张家口的农业研究所，在那里好几年，差不多半个月一个月他就来一封信，需要什么就要我帮忙买好寄去。他在那里画画，画马铃薯，要我寄纸和颜料。汪自己在《随遇而安》里也说，他曾经给北京的朋友写过一首长诗，叙述他的生活。全诗已忘，只记得两句：

坐对一丛花，
眸子炯如虎。

这个朋友大约是黄永玉了。

那一册《中国马铃薯图谱》丢失了太可惜。汪后来提到过多次，可他毫无惋惜之意。倒是他自得地说："薯块更好画了，想画得不像都不大容易。"

近些年，有人到张家口寻访汪曾祺的足迹。多数人不记得当年的那个黑瘦的中年人了。去到旧地，见沽源的马铃薯研究站已物是人非，倒是有几排旧房子，门前一棵大榆树，屋后一块空地，说曾是储藏马铃薯的大窖。有一个叫赵喜珍的老人只依稀记得：好像是有这么一个人，人瘦瘦的，性格温和。只呆了几个月。冬天没有得画了，就走了。

汪先生在张家口待了四年，但这四年对他意义非凡。他自己说，"我和农民一道干活，一起吃住，晚上被窝挨被窝睡在一铺大炕上，我这才比较切近地观察农民，比较知道中国的农村中国的农民是怎么一回事"。是的，汪小时候虽在高邮县城，可家里富裕，他没有真正接触农民、了解农民，在昆明、上海、北京，则更不可能。其实张家口是给汪补上了这一课，虽然是不得已的。

关于张家口，汪后来写了九个短篇小说，十三篇散文，有十多万字，可以出一本《汪曾祺文学地理之张家口》，这也是汪的收获。汪后来写文章和接受采访时说："我三生有幸，当了一回右派，否则我这一生更平淡了。"虽是自嘲，但也是实情。

汪曾祺在生活中总是能看到美,不管在何种境遇下。他自己说,"我认为生活是美的,生活中是有诗的。我愿意把它写下来,让我的读者,感到美,感到生活中的诗意"。关于张家口,也是一样的。他写了《萝卜》(其中一节专门写张家口的心里美萝卜)、《坝上》、《果园杂记》、《葡萄月令》、《寂寞与温暖》等名篇,都写得很美。比如在《坝上》,他写到口蘑,写了多种口蘑的品种,并说他曾采到一个口蘑,晾干带回北京,做了一碗汤,一家人喝了,"都说鲜极了!"写到关外的百灵鸟,到北京得经过一段训练,否则有关外口音:"咦,鸟还有乡音呀!"——这就是汪曾祺。当然,他的《葡萄月令》,更是文学名篇了。看来,一个热爱生活、热爱美、热爱文学的人,到哪里都能发现生活之中的美,生活之中的诗意。

原刊《读书》二〇一四年第三期

汪曾祺的闲话

汪曾祺哪,真是说不尽的话题。在北京的一个饭局,大家说要成立汪研会,出一套汪曾祺研究文丛,之后在北京,开一家小酒馆,名曰:汪曾祺小馆。由汪先生公子汪朗坐堂。大家你一言我一语,东榔头西棒槌地胡说,每人都说到兴头上。

说老头每到一地参加活动,喜写字,正如黄裳所说:"曾祺兴致甚高,喜作报告,会后请留'墨宝',也必当仁不让,有求必应。"一次在浙江写字,写到高兴处,见几个漂亮服务员在一边忙着,老头捏着笔,模仿着浙江方言招呼起来:"孤兰孤兰(过来过来),涅么(你们)几个小姑灵(娘)过来,我给涅么(你们)写幅字……"姑娘们便丢下活儿,一拥而上,正在这当儿,叶文玲走了过来,见老头得意的劲儿,叶文玲佯装生气:"去去去,涅么(你们)这些小妖精跑过来搞(干)什呢(么)!"

说老头饭后参加舞会,跳起来还挺有风度,不愧在西南联大"潇洒"过几年。有时舞场上有几个姿色出众的女性，老头都会心中有数。有一回王干将其中的一位请入舞池，在人丛中跳了一圈，回来坐在老头身边，老头儿虎着脸说："你刚才跑哪儿去了？"王干笑说："别看老头儿不动声色，美女，会引起老头注意的呢，眼睛的余光瞄着呢！"

有时老头酒后，兴奋劲还没过去，走到酒店大堂，见迎宾小姐在那站着，老头走上去，带几分顽皮，将胸一挺，模仿了一下，说"应该这样站着"，将人笑翻。

偶尔老头儿开会带着老伴，老头就不敢这么嚣张，要收敛得多。稍有出格，便会被老太太训斥。老头有一次偷偷地说："你们以后开会，可别带着老婆。——带着老伴出差，比赶一头牛还累！"

之后说到老头在家没地位。说上世纪七十年代，老头还不是老头，住在三里河一带，老邻居后来对汪朗说，"总是看到你妈脚高高地跷着看外文书，而你爸，——在那炒菜或干活！"说上世纪八十年代初期，老头博得文名，有一次酒后狂言："你们可得对我好一点，我将来可是要进文学史的。"几个兄妹都大为惊奇，异口同声说："你——，老头？别臭美了！"

这绝非玩笑，因为在那个年代，几个兄妹所处的环境及所受的教育，与老头的文风是迥殊的（是啊，那时候有些作家，可比老头儿火多了）。电台的文学欣赏节目里，所播的是《谁是最可爱的人》、《长江三日》和《小橘灯》等散文。有一次正播《荔枝蜜》，老头听到了，很愤怒，冲过来说:"关掉!关掉!中国的散文,一坏杨朔、二坏秦牧、三坏刘白羽。——散文配乐!叫怎么回事儿!"

这些笑谈,发生在农历癸巳年十月二十七,小雪后七日。地点是北京新东路沈记靓汤。参加者汪朗、王干、邢春,作家陈武,出版人崔付建,媒体人于一爽,文学博士刘涛等。大家一边吃着可口的江浙菜,一边笑言老头,气氛温暖而亲密。席间诸君兴致空前。

这些酒桌闲话,纯粹可以看作是掌故、笑谈。不必当真。即使有人信以为真,也只是关于老头儿的雅谑而已。说句最无趣的俗话吧,是老头儿的正能量,更增添老头儿的魅力呢。

原刊《澳门日报》二〇一三年十二月十九日

汪曾祺的绝笔

何镇邦对我讲,《铁凝印象》是汪曾祺的绝笔。

前几天,一个小型聚会上,汪先生的公子汪朗也在,何镇邦说,一九九七年五月八日早上九点多钟,汪曾祺给他家打电话:"文章写好了!你过来拿!"

这"文章"就是《铁凝印象》,为什么叫何镇邦去拿?因为这篇文章他是为何镇邦写的。一九九六年秋,何镇邦和山东《时代文学》议定在该刊上开设一个新栏目,由何镇邦主持,名曰:"名家侧影",每期由几位作家同时聊一位作家。专栏从一九九七年第一期开始,前面已经分别介绍过汪曾祺本人和林斤澜、艾煊等作家。当年的第四期拟发铁凝专栏,于是何镇邦就向汪老约稿,请汪老写一写铁凝。

汪老爽快答应。他对何镇邦说:"能写,马上投入!"何镇邦后来说,老头儿凌晨四点多钟就起床写,一口气写到八点多钟,一气呵成。写完就叫何镇邦去取。

稿子写在三百字的稿纸上,共八页,有两千多字。我找出初发《铁凝印象》的已发黄了的十五年前的《北京晚报》（一九九七年六月十六日），稿件最后的落款是"一九九七年五月八日凌晨"。《北京晚报》在编发此文时还加了一段编者按。按语写道："五月十六日，著名作家汪曾祺先生不幸去世。此篇是汪先生生前留下的最后一篇文章，是汪先生五十多年创作生涯戛然而止的句号。我们特此刊出，以示怀念。"

在汪先生逝世十五周年的这个五月，我重读《铁凝印象》，心中涌起无限的感慨。

汪先生在文中说，铁凝的小说有"清新秀润"的特点。他写道："河北省作家当得起'清新'二字的，我看只有两个人，一是孙犁，一是铁凝。"这样评价，是中肯的。

在《铁凝印象》中，汪先生还用了一大段篇幅描写铁凝，他说铁凝"有时表现出有点英格丽·褒曼的气质，天生的纯净和高雅"，"不论什么时候都是精精神神，清清爽爽的，好像是刚刚洗了一个澡"。对铁凝的欣赏和怜爱之情溢于言表。汪先生在文章的最后写道："我很希望能和铁凝相处一段时间，仔仔细细读一遍她的全部作品，好好地写一写她……"可是这个老头无论如何也没有想到，他的这个愿望太"奢侈"了，没想到仅仅过了一个星期，这个老人却撒手人寰了。

其实，早在几年前，汪先生就评论过铁凝的短篇小说《孕妇和牛》，说那篇小说"俊得少有"，是很"糯"的一篇小说，或者说，细腻、柔软而有弹性。汪先生对铁凝的作品是熟悉的。

铁凝在后来的回忆文章中说过，她认识汪先生大约在一九八四年的四次作代会上。她说，汪老"走到我的跟前，笑着，慢悠悠地说'铁凝，你的脑门上怎么一点头发也不留呀'！"铁凝说"他打量着我的脑门，仿佛我是他久已认识的一个孩子"。这样的见面别有情致，这样的回忆同样充满了深情。

铁凝在这篇同样是发表于《北京晚报》上的文章《汪老教我正确写字》中说："当我们今天思念这位老人时，是他那优美的人格魅力打动着我们。一个民族，一座城市，是不能没有如汪老这样的一些让我们亲敬交加的人呼吸其中的。这样的回忆也依然打动着我们。"

关于汪老，铁凝先后写过三四篇怀念文章。她曾到京郊汪老的墓地给汪老献花。铁凝后来深情地说：汪老的名字被标明的位置是"沟北二组"。以汪老的人生态度，他早就坦然领受了这个再平常不过的新身份。二○一○年的五月，铁凝又往高邮，凭吊汪先生纪念馆，参观汪曾祺故居，并在汪先生童年生活过的老街上徜徉……这些深情的文字和人生印迹，都见证着两代作家之间的珍贵友谊。

关于书画的遗作，一般认为，汪曾祺最后的书画作品是《喜迎香港回归》，一幅画面淋漓饱满、枝头著满盛花的紫荆花。其实，这个说法是错误的，这里需要补正一下。

汪先生的书画绝笔在扬州高蓓女士手中，是一幅丁香花的国画，和"细雨鱼儿出，微风燕子斜"的条幅。

一九九七年五月十一日，高蓓以《扬州日报》记者的身份采访汪老。那天上午，高蓓还没到虎坊桥，汪先生就已穿着西服到楼下等候她——这是汪先生和师母对年轻人一贯的作风。之后接受家乡人的采访、拍照，忙乎了半天，中午还得留饭（尽管吃的是炸酱面！）。如此种种，都在高蓓的《最后的采访》中（《新闻出版报》一九九七年六月二十四日）留下记忆。

二〇〇七年五月纪念汪曾祺逝世十周年暨第三届汪曾祺文学奖在高邮举行并颁奖，我和高蓓有幸忝列获奖作者之中。在活动结束的第二天，与会者到扬州游玩，同游者有汪家三兄妹和作家凸凹。在瘦西湖的春台祝寿楼，我们登台眺望，窗外是如画的风景。这时高蓓来了兴致，将特地从家里带来的汪先生的《丁香》取出展示给我们欣赏，使我们大饱眼福。画面上的丁香四五枝，枝头浅紫、淡红的碎花布满枝叶间，左首题款为"高蓓饰壁，汪曾祺丁丑五月"。右上角还有一枚闲章，不太清晰，好像不是"人书俱老"那枚，也不似"珠湖老人"。印太浅了！十分模糊，实在不能辨认真切。

不过这幅《丁香》让人眼热。这应该是汪先生画作中的佳品，画面蓬勃，彩色饱满。工笔处十分细致，看得出老头子是下了功夫的。

高蓓是有福的，在无意中得到汪先生书画作品的绝笔，内心的既疼又爱，从高蓓的回忆文章中可以看出。这两幅作品，我想，高蓓也会十分珍爱的。

今年五月十六日，汪先生离开我们整整十五个年头了。这些年来，他的作品被一代一代的人阅读，很多人喜欢他的作品。近听人说到一个叫狄源沧的老先生（一九二六—二〇〇三），一位很有名的摄影家，他和女儿都十分喜欢汪曾祺。老先生在世时，曾写过一首诗："喝茶爱喝冻顶乌，看书只看汪曾祺。不是世间无佳品，稍逊一筹不过瘾。""冻顶乌"是一种台湾名茶。老先生话说得绝对了一点，但人生趣味可以理解。还有一位老兄，读了汪先生的作品，在豆瓣网上留言：吾爱汪夫子，书痴复情痴。吾爱汪夫子，儒雅天下知……汪先生为什么这么迷人？真是值得好好研究研究。

汪曾祺二十岁在昆明西南联大开始写作，一生颠沛，洒脱的性情不改。而这一文一书一画，却成了汪先生最后半个世纪的绝响，让人心中不甘。

原刊《文汇报》二〇一二年五月十五日

这个人让人念念不忘

手里有一本《汪曾祺早期佚文》,是我自制的一个装订本。牛皮纸封面,目录页码齐全,有模有样的。内中所收都是汪曾祺上个世纪三四十年代的作品,包括诗歌、散文和小说,统共二十来万字。

我想,要让这些文字被更多的人读到,交给出版社编辑一本《汪曾祺佚文选》才好。

我知道,还有许多读者和我一样,喜欢这个可爱的老头;有些已经是"八〇后"、"九〇后",或者是"二〇〇〇后"了。这些迹象我们从网络上的微信和微博中就不难见出。

我知道,喜欢汪曾祺是一件快乐的事,甚至是一件"高雅"的事,因为读汪曾祺的人似乎都有那么点"文艺"的样子。

虽然我写过一些汪曾祺的文章,对汪曾祺可以说比较了解,对他的趣闻轶事,也知道得不少,可近几天偶尔听朋友说他的一段故事,还是让我喜欢得不行。这个故事的亲历者是徽州人程鹰——

话说一九八九年,汪曾祺和林斤澜老哥俩受邀到徽州游玩。当天晚上,市里接待,颇隆重,汪显然不喜欢这样的热闹,席间逮到机会,便对市里陪同的领导说,明天就让小程陪他们就行了。领导见汪诚恳(在喝酒上也可看出),而且酒喝得不错,就应允了。

第二天一早,程鹰赶到宾馆,正好汪已经下楼,正准备去门口的小卖部买烟,程跟了过去。

汪走近柜台,从裤子口袋里抓出一把钱,数也不数,往柜台上一推,说:"买两包烟。"——程鹰说,我记得非常清楚,是上海产的"双喜",红双喜牌。卖烟的在一把钱中挑选了一下,拿够烟钱,又把这一堆钱往回一推,汪看都没看,把这一堆钱又塞回口袋,之后把一包烟往程鹰面前一推:"你一包,我一包。"

晚上程鹰陪汪、林在新安江边的大排档吃龙虾。啤酒喝到一半,林忽然说:"小程,听说你一个小说要在《花城》发?"

程鹰说:"是的。"

林说:"《花城》不错。"停一会儿又说:"你再认真写一个,我给你在《北京文学》发头条。"

汪丢下酒杯,望着林:"你俗不俗?难道非要发头条?"

林用发亮的眼睛望着汪,笑了。

汪说:"我的小说就发不了头条,有时还是末条呢。"

老头儿来了兴致,又说了一通:"我的一个小说,转了七八家,都不能用,最后给到东北一个《海燕》,说能发。我写的是一个手艺人,里面有一句话,写手艺人'走进了他的工作',编辑说不通,要给我改成'他走进了他的工作室'。那时候的手艺人,有什么工作室?"

汪说完,也用发亮的眼睛,望着林和程,抿嘴笑。程鹰是在酒桌上说的这个故事。程鹰穿着白色亚麻的衣衫,人清瘦,有点仙风道骨的样子。故事说完,程鹰低声说:"我喜欢这个老头儿。"

一个人让人喜欢,有时很难,有时也并不难。一个细节,一个眼神,或者一句话。

还有一件事也可以一说——有一个叫时风的人,给汪曾祺写信,想请汪先生给他画一幅猫,并随信寄了五十块钱。汪回信说:

时风先生:

　　来信收到。我不善画猫,且画猫为中堂者亦少见。检近作梅花一幅以赠,这也算是小中堂了。

　　寄来的五十元敬还,另寄。我作字画从不收钱,尚祈见谅。

　　即候时安!

汪曾祺(十一月五日)

这是我从网上搜来的汪的一封信,不知写于何年?时风也不知是何许人也?

还有一封信,和这封信内容一样,也是关于索画的事。是个叫麦风的沈阳人,一九九五年认识了汪,去过汪先生在蒲黄榆的家。初次见面不好开口,回到沈阳,便给汪先生去了一封信,试探看能否购买一幅画。汪收到来信,即画了一幅花卉寄去,并附一信写道:

麦风同志:

索画之函今日才转到我手中,当即命笔。我作画不索酬,请勿寄钱来。

曾祺问候!

一九九五年十月十四日

又一次麦风去汪家,刚进门坐定,汪先生就拿一幅画放在他手中,说:"早晨画了一幅画,送给你吧。"麦风欣喜异常,那是一幅荷花图,墨色的宽宽大大的荷叶,黄的花蕊和粉的花,墨色淋漓,临风自得。

以上的这些细节,都让我们心中温暖。我与汪先生有些交往,深切地感受过这种特殊的温暖。这种温暖非常奇怪,他不是一般的师生情、朋友情,这里面爱的成分很多,而且一言两语难尽。

也许这只是老一辈人的风范,也许西南联大出来的人,都有点这个样子。谁晓得呢!

一个人总是让人念念不忘,我想从以上的描述中,也不难找出答案。

原刊《文汇报》二〇一四年九月二十日

孙郁笔下的汪曾祺

我手头的这本书——《革命时代的士大夫：汪曾祺闲录》，是值得期待的。它像把手术刀，一层一层地切开；又像是抽丝，将蚕丝一缕一缕地剥去。孙郁想解决这么一个问题：汪曾祺是怎么来的？何以形成汪曾祺式的？

我用两个月时间陆陆续续将这本书读完。总体的印象是：全书充满理性的光芒，文笔又多灵活。

孙郁以汪曾祺的人生轨迹为径，以汪曾祺的交往为纬，展开笔墨。用三十一个章节："一个儒者"、"在昆明"、"爱的文学"、"诗人教授"、"李健吾"、"黄裳"、"午门上"、"老舍先生"、"样板戏"、"梨园行"……一直到"各自的路"、"狂放之舞"、"墨痕内"等，来写汪曾祺各个时期的重要事件，所用的方式是用人物串人物、用人物串事件、用人物串观点，用类比的方式，将汪曾祺同废名、沈从文、黄永玉、林斤澜，以及阿城、贾平凹等进行比较，以找出汪曾祺的特质，同时也将这些人一网打尽，用孙郁自己的话说"是想通过汪曾祺，来写这么一群人"。

读这本书,启发我的,有这么两点:一是趣味,二是见识。

先说趣味。孙郁这本书,在趣味上是十分看重的。句式短小,态度亲切,没有一点学究气。汪曾祺在《西窗雨》一文中说:"希望文章不要全是理论语言,得有一点文学语言。要有点幽默感。完全没有幽默感的文章是很烦人的。"趣味,一直是汪曾祺所提倡的。看汪曾祺散文,都有一些有趣的句子,读了令人难忘。孙郁的这本书也是。

其次是见识。在写到沈从文时,孙郁说,沈从文虽然自称是乡下人,而审美的偏好却和留学欧美的作家很是相近,一般的读者在沈从文那里读到的是美丽的没有杂色的东西,很少"能嗅出敏感的气息,那里的苦楚与忧伤",认为沈从文的文字,"是青年汪曾祺内心神异的火","对比《边城》与《受戒》,两者好像流着相似的思想与趣味,在审美上是有师承关系的"。这都是见地之言。说到汪曾祺"精神上的雅化",孙郁认为这与西南联大的熏陶是有极大关系的。他以闻一多的讲课为例,闻一多"精神的飞扬"是无法抵挡的,这种师生的互动是美的。汪曾祺的回忆也是这样:"闻先生打开笔记,开讲'痛饮酒,熟读《离骚》,乃可为名士。'"汪曾祺的身上当然具有名士气质,这一点叶兆言也论述过。我们与汪先生接触,至少在"痛饮酒"上,汪是做到了。谈到汪曾祺后期的作品,孙郁认为汪曾祺是从古典和乡土中缓缓而来,善于从大众和民间提取诗意，文字有水乡民俗的画面。孙郁给汪曾祺下了个极端的定义："此种笔法，百年之中不过寥寥数人耳。"

记得在北京的一次研讨会上，孙郁曾鲜明地指出，要看到汪曾祺异端的、叛逆的、不随和的一面。比如，汪曾祺后期的作品中对性、对女性的描写，就与常人殊异，有不寻常的大胆，那其实是"五四"延续下来的精神，或者说是青年时所受到的西方文学影响的遗韵。孙郁认为在对汪曾祺的认识上，邵燕祥是最有力度的人之一。邵燕祥说，有人说汪曾祺是最后一个士大夫，也许是指他能诗能文，我倒却宁愿说他是个自由派，是"五四"运动以后曾经成为新文化主流的自由派。邵燕祥指出："他不是前朝遗老，他是前朝遗老的对立面。"此观点极是。

"我们只知道汪曾祺厉害，不知道何以厉害。"孙郁在这本书里，为我们做了较好的回答。

孙郁其实没有为汪曾祺立传的想法。他自己建立的来写一群人的"妄想"：沈从文、闻一多、朱自清、李健吾……这一点，倒是做到了。他不仅让我们看到了"汪曾祺这一只美丽的蝴蝶"，而且，让我们看到了"更多的美丽的蝴蝶"。

原刊《文汇读书周报》二〇一四年四月十八日

有关汪曾祺的一次闲聊

高蓓女士给我打来电话,说起汪曾祺最后的画作,她说,某某写文章说,他手中的那幅是汪曾祺的绝笔。其实不是,她的那幅《丁香图》,才是最后的作品呢。

之后便荡开去,说这幅《丁香图》的曲折故事。

一九九七年五月十一日,高蓓以《扬州日报》记者的身份去采访汪老。那天去时,汪老穿着西服打着领带,笔挺地在楼下院中等着。高蓓见了,以为老先生是在楼下恭候她们的。其实是汪先生记错了,以为那天是到中国作协参加迎接香港回归的纪念活动的日子,正站在楼下等车来接呢。高蓓的到来,使汪先生想起记错了日子,于是上楼,接待高蓓。

家乡来人汪先生格外高兴,接受采访,所谈也多为我们后来所知道的那些,其间还拍了许多照片。衣服都不用换了,就是出门的衣服好了。采访结束,汪先生便开始了赠书赠画的环节。高蓓那时才三十多岁,青春气息是有的,人也很漂亮。一口清铃的婉转的声音,也甚美。老先生西南联大四年，昆明虽在偏远的西南边陲，可教授都是喝过洋墨水的。因此，联大的学生，身上有那么一股劲，自有一番风采的。汪先生当然也不例外。

汪先生给高蓓画了一幅画，之后又为高蓓写了一幅字。高蓓真是有福，画是好画，那幅《丁香图》，无疑是汪先生画作中的精品，画面淋漓，清气弥漫；而那幅"细雨鱼儿出，微风燕子斜"，更是汪先生书法中的佳品。汪先生存世的对联很少，他也很少给人写对联。像高蓓这幅行草带魏碑笔意的对联，当为汪先生的书中神品。可高蓓当时并不觉得，只是心中高兴而已。

中午又留饭。汪先生亲自做了一顿风味独特的炸酱面并几碟爽口小菜，令高蓓感动不已。

临走，汪先生来了这么一句："照片什么时候能看到？"仿佛很惦挂这一组照片似地。

没有想到高蓓这一走，当天夜里汪先生就发病，大吐血，连夜被送到北京友谊医院。第二天一早，高蓓洗好照片，兴冲冲又赶到汪府想送上照片使老先生高兴高兴，可不曾想老头子已被送到医院抢救，只有汪朝在家守着。高蓓敲开门，听说此事，吓得不轻，连手中的照片都不知怎么办是好。高蓓更没想到后来的结果，心里还很乐观，无大碍吧，过几天不就好了。于是对汪朝说，汪先生想看照片呢！要么把照片给你，你带到医院给他看看？汪朝则说，不带不带，放在家里，等他好了再看。

高蓓转身走了。可心中忐忑。没想到仅仅过了四五天，噩耗传来，汪先生去世了！

这一下让高蓓伤心透了，也吓坏了。

汪先生去世了，成了一个新闻事件，许多人大吃一惊，不敢相信。许多报纸也报道了。

南京的一家报社，得知高蓓手里有汪先生最后的照片，打电话找她要。她给寄过去了。可报纸出来，高蓓拍的照片赫然印在上面，而摄影者却没有署名。报纸上说，照片是一个不知名的小姑娘用手中的傻瓜相机随便一拍得来的。高蓓后来不高兴："我那时也是日报的记者，怎么成了不知名的小姑娘？""还说我随便一拍，一点也不尊重我，那个记者说话老气横秋的。——他自己写的汪先生文章，也没把汪的神采写出来。"

那一段日子，真是把高蓓吓得够呛。她的老乡王干吓唬她：老头子见到美女，肯定兴奋，又是写字又是画画，就是给你累死的！高蓓后来对我说："把我吓得要死，那时我才三十多岁。吓得我连汪老的追悼会都没敢参加，其实那会儿我人也在北京呢！"

"我好多天睡不着觉，"高蓓补充说，"你说，无巧不巧，正好我去的那天夜里，他病了，之后去世了。你说我心理上，能不自责？我的一个密友说，干脆把你跟汪老的东西都烧掉。我后来把底片都烧掉了。弄得跟谁也不敢提。"

"幸亏他家里还有一个小保姆,否则我真是说不清楚了。"

"还是汪朗好。"高蓓说,"汪朗后来对我说,还得谢谢你,在老头子的最后日子,你们陪他吃饭、聊天。"

高蓓转述汪朗的话:老头子最后遵医嘱不让喝水,口渴得要命。要是知道救不回来,不如让他喝个痛快。

"一杯茶都没让老头子喝。"汪朗后来感慨地说。

故事到此并没结束,后面还有故事呢。

高蓓的那幅《丁香图》,之后就成了她的宝贝,她带回扬州,精心将它裱好,二○○七年汪曾祺去世十周年,在汪先生的家乡高邮,搞了纪念活动。汪先生的子女、高蓓和我都去参加了。在回程经扬州途中,我们游瘦西湖,在瘦西湖的熙春楼喝茶,高蓓将随身的《丁香图》展开给我们欣赏,使我目睹了此画的真迹。可后来却出了故事,回去不久,高蓓的一个旧同事,要与高蓓借这幅画家里挂挂,欣赏欣赏。因是多年相识,高蓓就借与他。可借后多日,再不见还。一要不还,二要不还,拖了好些日子。高蓓再要时,对方说"卖了"。高蓓不信,以为对方想占为己有了。可经一再催要,结果对方还是说,卖了。对这个事情我心存疑惑。一切故事只是高蓓转述给我。好多年前,她就打电话给我说过此事。前不久,高蓓又来电话,说画还没要回来,是真给那位"神仙"给卖了,卖了一万块钱。高蓓说,正打官司呢!已起诉到法院了。你看这事弄的,真真是好事多磨。

汪曾祺真是个说不尽的话题。一些新鲜材料不断地涌出，致使我不能放下手中的笔。也不能怪，谁叫这个老头儿故事如此之多呢！世事就是不遂人意，汪先生在世时，是不愿意自己成为一个有故事的人的。他总是说，我悄悄地写，你悄悄地读。他是很低调的。可他死后，没想到会这么热起来，读者会这么喜欢他。

真是没有办法。

原刊《上海社会科学报》二〇一五年三月二十二日

辑三

我的签名本

我现在有不少签名本的书。王蒙的，黄裳的，黄永玉的；还有铁凝、舒婷、贾平凹、邓友梅、范用、李国文和王安忆等人的。当然汪曾祺的签名本我最多，手头有好几本。——他给这些书签名已经近二十年了。

签名本有什么用处呢？没有什么用处，只是一个纪念、一个记忆而已；或者有时会翻翻，见到那些手迹，会有一些感慨。当然，它也是有点文学趣味的。签名本的商业价值有多大？那是另一回事，我不是藏书爱好者，对书的商业价值，一窍不通。

倒是有的签名本，颇能研究出一些书之外的微妙信息，或者能看出一些签名者的性格、趣味、为人和脾气等端倪。

比如近期的事，秋天在北戴河见到王蒙和邓友梅，有朋友买来他们的书，请两位题签。朋友盛情，也为我代购了两本。因同在"创作之家"住，每天见面，吃饭时就将书带上，他们来了，我们就掏出笔，请他们在扉页上写几个字。那天见到王蒙，我走上去，将《王蒙精选集》递上，王蒙穿着非常轻便的白色夏装，就立下了，很麻利地在扉页上签下了"感谢苏北先生购阅"几个字。因书是藏书者自己购买的，并非著者所赠，这也是对买书人的一份尊重。而邓友梅先生，则是另一番风度。邓先生与我同住一幢楼，每天进进出出都从他们前过。我的朋友刘政屏，是位图书人。他让同事从店里邮来十多本大开本《那五》，分发给我们。那天我们一行人浩浩荡荡，敲开邓先生的门，请他给我们一一签字。邓先生穿个老头衫、大裤衩，趿着个鞋子来开门。开门一看，好家伙！一大群人！邓先生笑呵呵的，把大伙迎了进去，招呼坐下，之后便趴在茶几上一个一个开始签名，边签还边说："这么多啊！"可还是戴着老花镜，老老实实为每人写下"×××指正"。

请黄裳题签亦有意思。黄先生去世的前几年，一个五月，我和朱自奋女士敲开黄先生家的门。因为之前已约好，所以并不唐突。黄先生仿佛又是记者来访了，规规矩矩坐在长沙发上，等待提问。我们确实问了不少问题。因先生耳朵在背得厉害，因此谈话特别吃力，谈完出来，像跟谁打了一仗，体力、智力都透支得够呛。请黄先生在带去的书上签名，黄先生并不推托，而是十分麻溜，颇有名星范儿，时下特别流行。先是一本《来燕榭文存》，黄先生在扉页上写下"为苏北老兄题。黄裳。己丑夏"，在另一本我的《一汪情深：回忆汪曾祺先生》上，他本想题汪曾祺写昆明莲花池的一首诗，可是只记得"莲花池外少行人，野店苔痕一寸深",后两句"浊酒一杯天过午,木香花湿雨沉沉"愣是想不起来,可惜我作为"资深汪迷",一时也迷糊了,接不上后两句。黄先生不愧是大家,虽年近九十,可应变得很快,立即写道:"曾祺写昆明的雨,情韵都绝;有诗一绝,能得南疆风韵,不易忘也。己丑初夏为苏北书,黄裳。"今年九月已过,转眼黄先生也走了两年了。我翻出这两本书,望着书的扉页上黄先生清秀俊美的字迹,心生感叹,有物是人非的感觉。

说起黄裳,他和汪曾祺、黄永玉曾有过一段非常美妙的友谊。那时年轻,无牵无挂,在上海滩,你来我往,挥斥方遒,很是快乐了一阵。晚年南北呼应,在文坛上产生不凡的影响,而风格却大不相同,我有幸都见过他们,感觉真是性情各异。就说这个题签吧,如若是汪先生,你带过书去,他会很快给你签上:"汪曾祺,某年某月";若你再请他题几个字,他了解你的,稍一沉吟,会立即给你题上两句贴切的话语;不太熟悉的,在言谈中,知道你是哪里人,喜欢什么,有什么特长,也能为你写上两句,也还像么一回事。看后你心中会特别欢喜。因为这是独一份,是专门为你写的,用现在的话说:特供。

而黄裳先生,其实是一个颇倔的老头。他并不会随着你的意而为的。有些时候,有的问题,他是颇为坚持的。还是以题签为例,你若带书请题,他一般都是"为××题",很少签个大名,更不会出现"指正"。这里"为××

题",也间接告诉别人,这书是作者自己买的,不是我黄某人赠的。因为享受赠书,这也有个"格"的问题。你配不配赠,也是有讲究的。这种习惯和风格,可以说也不是一时兴起,是几十年养成的。它是一种风范,一种气度。再退一步,用小人之心度之:将书送给一个不入流之人,日后再流入市场,岂不给自己蒙羞?这也是不得不留意的。

而黄永玉,这个老头,还真是个"活宝"。他那么老,而心那么年轻。在一副苍老的身体上,附着一个孩子的表情。他在上海搞"我的文学行当——黄永玉作品展",我赶到上海,在上图见到他,行止,动作,表情,都是那么利落和灵便,总是一副精力饱满的样子。既爱开玩笑,举止又调皮。在巴金纪念馆,他忽然在院子里的草坪上打了几个滚,把围着他转的记者吓了一跳!——大约是在巴金面前,自己再顽皮一下?

到上海,我带了两本书:一本是李辉主编的《黄永玉自述》,另一本是个小册子,《太阳下的风景》(一九九四年,百花文艺版)。因在上图人实在太多,根本没有办法请黄先生题签,我便将书交给周立民兄,请他方便托黄先生一签。立民兄真是负责,因为"我的文学行当"要在上海、广州和长沙三地巡展,他主持的巴金纪念馆作为主办方之一,一直要跟随活动到底。在广州,一天饭后,立民将我的两本书递上,黄先生用碳素笔,在《黄永玉自述》的扉页,龙飞凤舞地签下了"黄永玉"三个字,而在另一本

《太阳下的风景》,则签上"苏北,黄永玉,二〇一三年"。

黄先生的题签,也了却了我的心愿。汪、黄、黄,这三位老人,当年的"沪上三剑客",人我都见过了,书也都有了,而且还都留下了他们的墨迹。

汪先生的书,我有几十本,可以装满书橱的两层,大部分是他去世之后出版的。他在世的时候,出的书并不多,主要也就是两本小说(《汪曾祺短篇小说》和《晚饭花集》)、一本散文集(《蒲桥集》)和一本文论集(《晚翠文谈》),当然还有江苏社的四卷本文集和其他的一些版本。汪先生的签名本,我大约有五六本,基本都是他送的。最早的是《蒲桥集》(作家出版社,一九八九年三月第一版),汪先生在扉页上题"赠苏北,汪曾祺,一九八九年七月",那时我在鲁迅文学院进修,一次去先生家,得到了这本书。第二本是《旅食集》,那时我还在县里工作,是用牛皮纸信封寄给我的,上题"赠苏北,汪曾祺,一九九二年十一月"。一九九三年初我到北京工作,接触汪先生的机会多了,所受的馈赠也多了。之后的几年,先后送给我过《汪曾祺人生小说选》、《独坐小品》和《汪曾祺散文选集》等,多题"苏北存",落款也由"汪曾祺"而简略为"曾祺",这也可见出对一个人的亲近程度的变化。

汪先生所有的题签,字迹都十分清秀。字虽为行草,但合乎法度,一看就知道是受过良好训练的。从他的题签,也可以看出他对人的尊重,看出他的修养。——他是一个十分真诚的人。他曾夫子自道:"我觉得我还是个挺可爱的人,因为我比较真诚。"

我对这些签名本心怀敬畏。对在这些书上留下的墨迹,都十分珍惜。因为这些人,他们在我的心中,自有他们的分量。我时常看看,以激励自己,也更好地接近他们的灵魂。

原刊《文汇读书周报》二〇一四年十一月二十八日

契诃夫教我记手记

我有一本《契诃夫手记》。我二十岁出头就拥有了它,它跟随我多年了。书的封面上有一张契诃夫像,目光深沉,一看就是一个极具正义感的人。可是多年来,他那架子眼镜是如何戴在脸上的,我一直搞不明白。然而这并不妨碍他对我的影响,——主要是观察生活的影响。《手记》中有:"她脸上的皮肤不够用,睁眼的时候必须把嘴闭上,张嘴的时候必须把眼睛闭上。""她撩起裙子,露出那艳丽的花衬裙,很明显,她是那种习惯于为给男人看而打扮的女人。"我刚开始学习写作,不知道写什么,也不会记日记。看到契诃夫的《手记》,噢,可以这样记。

那个时候,我们从这本《手记》中得到许多说不出的快乐。几个同好写信,也都以手记作为见面礼。我记得曾给一文友写过两则:

"一个秃眉毛的家伙洗澡向我借香皂。他说,同志,香皂我用一下,我忘了带了。可这家伙已向我借过三回了。"

"他有一习惯,每回脱了袜子都要凑到鼻子上闻一闻。

他有了个三岁的儿子,儿子也会这样了。"

这个朋友也是一个把《契诃夫手记》当命的人,那一册小书,整日放在他的案头。他曾给过我两条手记,颇叫人会心,我至今还能记得:

"一群人去历史博物馆,小马指着一古铜器问小李是什么东西。小李说,你去问老张吧,他年纪大,离古代近些。"

"朋友聚会,有人提议大家为自己心中最惦念的人干一杯。干毕,大家一一交代。轮到老徐,他说心中没有什么人惦记。小吴说,你老婆呢?老徐说,他老婆连毛带皮一百六十二斤,胖得吓人。"

有的作家天生就是教人写作的作家,契诃夫算一个。我知道沈从文就受过契诃夫的影响。沈先生曾在一本书的后面写道:"见一大胖女人从桥上过,心中十分难过。"——也可算是一条手记。大胖女人为什么使沈先生难过呢?不得而知。

由那时的手记,使我养成了多年记日记的习惯。可是我的日记并非"日记",多是一个生活片断,一点随感,有时只是一句话。比如:"冬日一个初晴的早晨,太阳安静地挂在天空的一侧。空气清透。"这,其实只是一段描写练习。

"不要相信有什么天才。"沈从文早就说过。一切都要经过训练,语言亦然。准确、俊拔、通晓,才是语言的根本。前不久读报，说现在中学教学生作文，多在辞藻华丽上动脑筋，说这样才能得高分。这实在是误入歧途。殊不知语言的根本是要准确、通晓。"除却红衣学淡妆"，语言最珍贵的，是内在本色之美。多做手记，其实是锻炼一个人的观察能力，对语言，也是一种很好的训练。

前天我从四牌楼过，遇到一个女孩，真美。于是我回来在笔记中记道：

"在街上遇到一个骑车的女孩。这个丫头，真美！深秋的风将她的一头好发吹乱，纷披在脸上。面如润玉。"

这样的一个细节，不知什么时候就会运用到我的一篇小说里去。

原刊《大公报》二〇一〇年十二月八日

阅读迟子建

我和迟子建算认识么？

说不认识，她二十五六岁时我就认识她。我们在同一幢楼上住，在一个食堂吃饭。偶尔也在一个教室听她们的课。几个月下来，我们见面是点头的。说认识，我们一直没有多的交往，疏于联系。

一九八九年我到鲁迅文学院进修，是四个月的短训班，那时迟子建她们的两年半研究生班也刚开学半年。班上云集当今文坛大腕莫言、余华、刘震云等人。那时迟子建已有了些名气，她的《北极村童话》和《沉睡的大固其固》已在文坛产生了影响。说有多大影响，也不现实，那时她才出道三四年，第一本小说集《北极村童话》还没出版，只能说是崭露头角。我手头有一本《北极村童话》，是作者当年送给我的。我在写这篇短文时，从书架上抽出此书。这本薄薄的小书，是"文学新星丛书"辑六之一本。"文学新星丛书"从第一辑阿城、何立伟发端，到迟子建这辑，质量、影响都还不错。这本小书的扉页上还有迟子建当年的手迹："陈立新指正，迟子建八九年七月十八日"。我此时翻看着这本书页都已发黄的小书，看着裘大力画的铅笔素描的迟子建画像，——素描线条简洁，人物长发垂肩，清纯安静，右手微微举着，抵着下颏，无名指上戴着一枚戒指——，不胜感慨。一转眼，十六年了。

迟子建那时还是个姑娘，我们也才二十多岁。大家都有点心高气傲。——我们其实也掺拌着多半的自卑，因为名气大不如她。——因此并不多说话。可我对迟子建始终充满好感。我曾在当年的笔记中记道：

> 迟子建穿着黄色毛衣，白底蓝花的开衫，黑裙子，黑袜子，白鞋子。光梳头，在身后扎两支小辫。身材匀称，皮肤略黑。因个子矮，买饭时垫着脚，趴在窗口，转动着光光的脑袋，逐个看一下菜盆，然后说，"买这个"，"买那个"。自己跟自己笑。一个小姑娘。
>
> ……
>
> 晚上大教室里看电视，迟子建蜷曲在一张沙发上，小花猫似的，可怜见的样子。

迟子建定想不到背后还有人这样去记录她。如今时过境迁，我们都奔了四十了。我想即使写出来，迟子建也不会怪罪的。倒是迟子建会觉得有意思的是，我上面提到的那些衣服和妆扮，定会令她回忆。那些旧衣服也早已不知给丢到哪里去了!

我们这一届学员,真是既幸又不幸。正赶上八九年那场风波。三月入学,只上一个月课,四月之后就没安心上课。到平息之后,我们已到期末,便各奔东西了。

一九九六年冬天,迟子建他们到北京参加全国文代会,那时我已从县里借调到北京三年了。我已在一家报社管副刊,于是我便请迟子建在我单位边上吃饭,参加的还有何立伟、刘醒龙、徐坤、何顿、刘益善、龙冬等。席间便给他们布置"作业":给我们写稿。回去几个月,迟子建给我寄来了她的散文《房屋杂谈》。

一九九九年冬,我已回到家乡的省会合肥工作。一天,在书店见到迟子建的一本散文集。这好像是迟子建的第一本散文集。我翻了翻目录。经我手编发的《房屋杂谈》也收入集中,我便毫不犹豫地买了一本。回来之后,我给迟子建写了一封信。我写道:

迟子建:你好!

今天在书店见到你的这本《听时光飞舞》的小书,编得清新可爱,便手翻翻,内中《房屋杂谈》我在报社副刊时曾编过,很亲切,因此特购一册以纪念。今寄给你,请扉页上签个名以作留念。

你的文字我现在偶尔还读一些,印象深的是《观慧记》和《清水洗尘》。对我打击最大的是《亲亲土豆》，那是一篇撩人心的东西，我至今仍记得那可爱的有灵性的小土豆。

时间真快。从认识你一晃过去十多年了，可一切仿佛是在昨天。

二〇〇〇年一月一日

可是这封信我并没有寄。想想寄又麻烦，何必呢？可信一直夹在书里没动。现在我找来看看，又是五年过去了。

其实从一九九六年的那么匆匆一面之后，我和迟子建就从来没有过音讯。算起来就是十年的光阴。可她的消息我却是一直关注的。我无端地觉得，这十年她有太多的变化。可迟子建是坚强的，没有什么能取代文学的力量。

我对迟子建是多一份关爱的（感觉中好像是看着她成长的）。——人家迟子建可不一定买你的账！你自作多情，可管她买不买账呢！——除喜欢她的作品大气之外，主要还是因为她做人的静气。她很安静，没有是非，能守得住，做事执著。女性的力量在她身上体现得淋漓尽致。她就像一个安静地坐在炕上纳鞋底的女人，一针一针纳下去。针线稠密，细致，"筋斗"，——把她的文学事业一针一针纳下去。

我拥有迟子建的大部分文字：除《北极村童话》和《听时光飞舞》外，还有四卷本的《迟子建文集》、日记集

《我伴我走》，还有新近刚出的散文集《我的世界下雪了》。

迟子建的小说自不用说。《白银那》、《原野上的羊群》、《向着白夜旅行》等我都喜欢。特别是短篇小说，《亲亲土豆》、《北国一片苍茫》、《鱼骨》等，叙述的稳健、沉静，是女性中少有的。铁凝曾在一篇创作谈中说，一位美国小说家说他终生喜欢短篇小说。因为人生不是一部长篇，而是一连串的短篇。好的短篇小说在于它能够把这些片断弄得叫人无言以对，精彩得叫人猝不及防……我觉得，在中国当代作家中，除铁凝把短篇写得那么纯粹，迟子建应该也是其中一个。

我看过她的一篇散文，好像是《作家文摘报》选的，《在温暖中流逝的美》。"去年爱人因车祸而故去后，我常常责备自己，如果我能感悟到我们的婚姻只有短短的四年光阴，我绝对不会在这期间花费两年去创作《满洲国》，我会把更多的时光留给他。可惜我没有'天眼'，不能预知生活中即将发生的这一沉重的劫难……""生活中多一些磨难对自己来讲是一种摧残，对文学来讲倒可能是促使其成熟的催化剂。但任何人都情愿放弃文学的那种被迫成熟，而去拥抱生活中那实实在在的幸福"，"现在的我不爱照镜子，镜子中的我常常是双眼布满血丝，面色青黄。我的发丝干涩了，眼角悄悄爬上了皱纹。我常常丢三拉四，时常找不着要用的东西……"看了这些凄凉文字后，让我独自伤悲。我们又能说出什么呢？命运啊，你不应该欺负迟子建这样柔美的女人！

可我还是很快看到迟子建新的作品了（包括近期的中篇新作《世界上所有的夜晚》），我看到了迟子建依然温情、朴素的文字，而且笔下沉静。人生的一些大悲伤深深地埋藏在文字的底下。后来我又翻看了买之后并没有细看的她的日记集《我伴我走》，看这些年她是怎么过的。这些日记虽是公开发表的东西，但多少也透露出她的些许信息。于是我有时想啊，迟子建如若不离开北极村，在家乡当个乡村女教师，嫁一个当地殷实的人家，丈夫又能干，又懂得呵护自己的女人。迟子建一定会生活得充实快乐！可我又想啊，上天生下迟子建，也许就是命运女神安排她为人类的文学事业做贡献的，上苍赐给了她灵气、才华和容貌，天降大任，她无法逃脱了，只有服从命运女神的安排。

迟子建新近出版的《我的世界下雪了》，真是让我欣喜。那里面的十九篇"简朴生活回忆录"，篇篇让人心动。其实这些文章结集之前，我几乎都在《文汇报》上看过，有好些我都剪了下来。《五花山下收土豆的人》、《蚊烟中的往事》、《哑巴与春天》、《农具的眼睛》、《采山的人们》……每一篇都是可以入中学生课本的。"如果是夏天，如果火烧云又把西边的天映红了的话，我们喜欢将饭桌放置在院落里吃晚饭。当然，这时候必不可少的，是笼蚊烟……"（《蚊烟中的往事》）"看一个农民的活计做得是否地道，打量他家的农具便知晓了。……那些大大小小的木节一个个圆圆的,有黑色的,也有褐色的,好像农具长了眼睛似的……"(《农具的眼睛》)"山在我眼中就是一个大的果品店。你想啊,春天的时候,你最早能从那里吃到碧蓝甘甜的羊奶子,接着……"(《采山的人们》)之后又谈到山中繁多的野菜、淙淙的泉水、各色药材……又觉得啊,大山不仅是个大的果品店,还是一个"蔬菜铺子"、"饮品店"和"中药铺子"!迟子建的想象力是非凡的,而她又是平静的。读她的文字,不管是小说还是散文,就像是听一个女孩给你讲她生活过的山里小镇的见闻和经历,语气啊,节奏啊,都特别好。她的叙述舒缓,平和,克制,却又时不时闪现出智慧的光辉。你有时手中没笔,心中便痒痒的,恨那些精彩的句子从眼前滑过。迟子建从不一惊一乍。她不需要弄鬼作怪。她只是平静的叙述,舒缓的调子,安静的口气,把你带入她的故乡,她的童年,她的圣洁的文学的世界……

噢,还有一件事顺便提一下。是一九九七年的某一天吧,我和朋友龙冬喝多了酒,孤独无聊,不知谁提出来的给迟子建拨个电话,于是便掏出我砖头似的大哥大(真是大哥大的那种),在龙冬家附近建国门的东北首那条胡同的墙边,两个人与电话那头远在哈尔滨的迟子建说了一通胡言乱语。也许迟子建早已忘记了这件事。可我却感到很是惭愧。我想如若迟子建也还记得,也会给予谅解。因为我们并无恶意。就像一个顽皮的男孩,在他喜欢的女孩的身后扔石子,那是他不知如何表达自己的爱呀!

我写了这么多,其实我只是想说,迟子建,你并不孤单,除爱着你的那些文友、同事、朋友之外,还有这么多读者深深地爱着你。你应该感到你很富有。有许多人在很远的地方默默地注视着你,为你祝福,祈祷。你拥有许多你并不知晓的爱。

原刊《散文》二〇一二年第六期

顶在头上的文字

那天下雨,刚理了发。从外面回来,我将一张旧报纸顶在头上,到单位门前,我的一位同事看见,便揶揄说:

"不愧是文人。"

我站下问:"怎么讲?"

他说:"都把字顶到头上了,还不是文人?"

他这一句话,还真提醒了我,是啊,"把字顶在头上",——我们热爱写作的人,又何尝不是把文字顶在头上呢?

我对文字,是有着无尽的崇拜的。或者说,对汉语,有无尽的崇拜。我的家里,旮旮旯旯,都是书本和看过了而舍不得扔的报纸,以至弄成了灾,老婆孩子深以为苦。按理说,报纸看过了是尽管可以丢掉的,我见许多学问家的书房,整洁,明亮,一尘不染,书籍摆放整齐,看不见一张报纸。我真是羡慕不已。可是我自己却做不到,书房杂乱无章。乱的原因,除了书刊乱丢,更主要的,是我的旧报纸太多。我看过的报纸,特别是副刊,都舍不得丢弃。

偶尔整理一下书房，看看人家的文字，这亦不错，那亦挺好。又想：也许哪一天，要用上其中的一句话。丢丢捡捡。结果是捡回来的多，丢掉的少。整理了半天，还是原样。乱，依然是个乱。如此反复，后来索性不再去整理，让各种书报，在日复一日、不知不觉中，一层一层加码，越撂越高，以至自己再也无力整理，只有任其发展了。

这种泛滥，不仅在家里，搜搜我的身上，十有八九也是剪下来的报纸，和自己抄摘的各种佳句、短章。想着这个可以路上一览，那个可以厕上看看。可是贪多嚼不烂，每天新的报纸源源不断，以至越聚越多，弄得几个衣兜鼓鼓囊囊，美不美观倒在其次，弄得走路都别别扭扭，感到身上到处不自在。待来整理一番，也与整理书房无异，丢丢捡捡，最后又都捡了回来。

在一本叫《蒙田》的书中，我读到过这样的故事：蒙田在三十八岁弃官回归故里，隐居在自己古堡的塔楼里写作《随笔集》。蒙田退隐的一个依据是被心理学家称之为"认可的自弃"的理论，即在十六世纪的法国乃至欧洲四十岁的人就"自认为自己老了"（蒙田曾这样描述自己："不惑之年已过，已入垂暮之秋。"），另一个依据是他的精神追求。蒙田十分崇敬古希腊哲学家苏格拉底，认为苏格拉底是所有优秀品质的"十全十美的典范"。在此情况下，他隐居乡间，开始了《随笔集》的写作。凡十载，读书、思考、潜心著述，写出了四百年来流传不衰的《蒙田随笔》，被世人誉为"欧洲近代散文之父"。奇怪的是,他在写作过程中,将古希腊文和拉丁文的格言,找工匠描绘到古堡屋顶的木梁上。前后两次(一五七一、一五七二年)共描绘了六十五句,这样他可以朝朝暮暮躺在床上,面对那些哲人的警句名言。这才是真正将文字顶在了头上了。

林语堂的《苏东坡传》,其中记到王安石一节。也说王安石是个怪人,脑袋和性格都很特殊。他虽是一位大诗人,又怀着救世主的使命感,却不够圆滑,而且是个衣着外表极其糟糕的人。他不修边幅,衣裳污秽,远近闻名。苏洵在一篇文章中说,王安石"衣臣虏之衣,食犬彘之食",又说,"囚首丧面而谈诗书"。有两个著名的细节:一个是他与朋友一起洗澡,朋友乘其不备,将他秽污的袍子偷偷换走,看他是否发现衣服换过,结果是王安石穿着新袍子浑然不觉;另一件是吃饭,什么菜靠他近,他就吃什么菜。一次兔肉靠他近,他就吃兔肉,朋友问他老婆:你的丈夫喜欢兔肉?他的老婆很奇怪,说,他从来不注意饭菜,怎么会喜欢吃兔肉。果然第二次吃饭,朋友把别的菜放在他的面前,结果他把另一盘菜给吃光了。是的,一个人专心思想自然忽略外表。但像王安石这样极端,也是不多见的。

其实崇拜文字,在中国是有传统的。在我国传统文化中,就有"惜字如金"、"敬天惜字"的习俗。对于字纸,古人认为是有灵性的,是神圣的,不能随意丢弃,更不能有秽用之举。宋时焚烧字纸,是建有专门的建筑,叫"敬字塔"或"惜字塔",残破磨损的经史子集,要将其供奉在字库塔内,然后择吉日,行礼祭奠后,才能焚化。我的崇拜文字,虽还未达到如此神圣和迂腐的地步,可在现代人中,也已是另类了。

原刊《文学报》二〇〇九年九月二十四日

好的文字像鱼一样游弋

家里的书堆积如山,零乱得可以。也不知读什么书好,已有多日不读一个字。昨晚坐一壶水,置于书房,坐在沙发上泡脚。呆坐无趣,便随手抄了一本已被我撕烂了的周作人的《雨中的人生》,适翻到《若子的病》一篇。这是许多选本都选过的。这则写于一九二五年仲春雨夜中的短文,虽则千字,却又一次深深打动了我。我不知何时用铅笔在文尾写了几个字:"有真情也。""能拨动人心的文字,才是好文字。"由这一篇,又让我想到另一篇《苦雨》。周先生说,第一喜欢下雨的是小孩,第二喜欢下雨的则是蛤蟆。真是绝妙的奇想。这则短文是我在首都机场候机无聊时闲览的。那天却也是五月里的小雨。读完我心中欢喜无比,那种甜蜜是不可示人的。我独自嬉笑,邻人以为病。而我却不住地摇头:"人家一封信成为传世佳作,真是没有办法。"

我有时玄想:语言真真是个奇妙的东西。就那么几千个字,零零落落地散放在字典里。从几岁开始认字,到慢慢拼成句子。句子有千万种拼法，就像围棋的子。有时落一子而定全局。又觉语言其实是一条鱼，它要是活蹦乱跳的，滑溜的，流动的，才好。不好的语言，看似排列整齐，却是一堆死鱼，或者貌似鲜活，其实是经过速冻后的假象。那些腌制过的，更不在其列。至于腐了臭了的，那已是坏了的语言，则无话可说的。即使在鲜活的、流动的、滑溜的之中，也是能分出鱼的品质的高下。家养的和那些山野中小溪沟里的野鱼，味道是不一样的。而山野中小溪沟里的罗汉狗子们，是永远也无法进入大江大河的。至于囿于城市水族馆里的鱼们，虽也是鲜活的、流动的、滑溜的，可已沦落到被人观赏的份，也是无趣的了。

说穿了，好的语言是要有根的。语言光华丽，就好像穿着花衣裳的木偶，也只能骗骗小孩子。根须需深深伸入大地，语言的树才能枝繁叶茂，充满生机。前不久翻了翻阿城的《闲话闲说》，这书原来也翻过，只是没有入神。这回重翻，也是在闲得无趣时，却读出好来。阿城还是厉害的，懂得多，语言又极好，说的虽都是白话，却见根见枝。阿城曾与朋友"闲话"道，"美人不淫是泥美人，英雄不邪乃死英雄"。读完我就笑。我曾试着把它套用到文字上：语言不俏是泥语言，句子不奇乃死句子。"俏"，则是精神、饱满，像个年轻的女人，即使不是个美人，但是个年轻的女人；"奇"也不是作怪弄鬼，而是要巧妙，要恰当。世人都说董桥好，我却偏偏愚笨，读不出好来。我也曾跟风般地把自己固定在椅子上苦读了几篇，除了那些华丽俊美的词汇像美丽的珠子一样，把我弄得头昏脑涨外，眼中就是眼花缭乱的美句子，却见不到人的精神，也找不到一点让我稍稍有点会心的地方。其实，有时候俊美的词汇，不但帮不了作者的忙，反倒给读者添了许多的乱。人是不能都用美句子说话的。美句子有时恰遮盖了语言的精气神，倒不如平实点来得讨巧。称得上大师的现当代作家们，都是用平实的句子说话，鲁迅是，沈从文是，孙犁是，汪曾祺是。还是周作人先生自己说得好，"宁可少写几篇，须得更充实些，意思要诚实，文章要平淡，庶几于读者稍有益处"。"意思要诚实，文章要平淡"，真是肺腑之言。大师将这样的天机泄露给我们，也是我们的一件幸事。

好的文字，仿佛有魔，又仿佛脚气，痒在肉里，是没有办法的。比如读莫言的小说，有时候你恨不得站起来来回走走，或骂他一顿或揍他一顿，才能解气。莫言的语言，读进去，形成气场，则仿佛一个一个穿花褂子的鬼精灵，一见到你，便立马跳将出来，叽叽呱呱，乱语一片，充满生气。好的东西，有时也是挺磨人的，就像女人或鸦片，一旦沾上，便不能罢休。近读到陈村的《关于木心》一文，连陈村这样的高人，也似被木心弄得着了魔似的。陈村慌慌张张，急切地要把木心告诉世人："我既然读过一点木心的作品，不告诉读书人木心先生的消息，是我的冷血，是对美好中文的亵渎，小子于心不安。"木心的作品我读过一二，也只是《上海赋：只认衣衫不认人》。这实在是则妙文，对上海人穿着装扮的刻画，入木三分，生生是剥了摩登的上海人的一层皮。特别是关于"浑堂"的一节，我们小时在县里的时候，都有此经验，可写得如此传神、细致，这是很要见功夫的。老人家却是已成了精，才能这般出神入化，绝妙之极。弄得弯腰陈村，恭敬如师，一副急不可耐的样子。

语言确实是个奇妙的东西。作家这个行当，就是一个用文字说话的职业。有话无话，说得好与不好，真是有三六九等的，这是一件没有办法的事情。

原刊《大家》二〇〇七年第三期

冲淡为衣

读黄裳的《珠还记幸》,记到废名一节,说鲁迅论到废名的《竹林的故事》为"冲淡为衣",这实在是好。

废名的文字,我二十出头就读得很熟。说是熟,也就是我见得到的那么几篇:《桃园》、《菱荡》、《浣衣母》。废名的文字上世纪八十年代是不多见的,后来我在北京沙滩的五四书店买到过一本影印的开明书店一九三二年出的《桥》,真是欢喜得不得了。我在书中记了长长的一段题跋,现在读来,颇为有趣:

> 一九八九年六月十八日我与好友龙冬君骑车到沙滩购得《桥》,之后两人便抱书到景山公园东门外绿化带,是午后,有蝉在槐树上叫,有遛鸟的老人骑车而至,我们坐一树荫下,抽烟,聊天,谋出《四人故事集》一书,两个有志于文学的青年做着关于未来的梦。

这本竖排的《桥》,后来我读过多遍。第一遍读完,我曾在书后记道：

> 一九九一年于湖北黄州的午后读完。文笔清淡，文体简洁。冲淡为衣，稚拙为本。值得效法。

在写这篇小文时，我从书柜里抽出这本已发黄松软了的书，用手指指着目录：《金银花》、《史家庄》、《井》、《落日》、《洲》、《猫》、《万寿宫》、《闹学》、《芭茅》，我今天见到这些熟悉的文字，心里仍旧是有说不出的欢喜。

我实在是很喜欢废名的。

为什么不重印《桥》呢？真该把《桥》和丰子恺的漫画印在一起去读。为什么不是丰子恺为废名的小说插图？——丰子恺为鲁迅的小说插过图吧？"人散后，一钩新月天如水"。废名的笔下多为儿童，但废名不是儿童文学。他笔下的那些孩子呵！他的乡村，是真正的乡村，他是乡村风俗画。废名的词汇是那么的少，他的文字又是那么的准确。读废名的文字，最宜在乡村，或者，月夜的山村小溪旁。我曾在炎热的夏天，在桐城的一个山腰的茅棚，遇到一个老太太卖水，可是一个中午没有一个人经过，她就那么坐着。蝉在鸣，静极了。茅棚中凉风阵阵，棚外长着一丛美人蕉，开着火红的花；这里，那里，开满了各色野雏菊！我躺在那午后的宽板凳上，任凉爽的风从我身上刮过，我于是想，这是最适合读废名的地方了。我想着便读出了声:"稻田下去是一片芋田!好白的水光。团团的小叶也真有趣。芋头,小林吃过,芋头的叶子长大了他也看见过,而这,好像许许多多的孩子赤脚站在水里……"

那个夏天我也曾在皖南一个叫东园的小村庄,那是怎样的月夜啊!月光纱幔一样铺下来,溪水在各色圆石上流过,汩汩的。我坐在溪旁,那月映着我。全世界仿佛都静下来,听我朗读废名:"冬天,万寿宫连草也没有了,风是特别起的,小林放了学一个人进来看铃。他立在殿前的石台上,用了他那黑黑的眼睛望着它响。"

"用了他那黑黑的眼睛望着它响。"这句话写得真好!

那些乡间温暖,乡间的人情,都在废名笔下。这样的儿童现在是没有了。这样的乡村也只有在我童年的梦里。

我读废名也可能是我的自私了。小林的童年最宜于我,我在童年的乡下。高邮湖畔的乡村。一个大湖,竹园包围了我家三间茅屋。每天早晨去看竹子的芽,它长得真快!黄黄嫩嫩的嘴,很快就泛青了。竹园沟里的菱,紫红紫红,一掀,结得满满的!钓鱼,用鹅毛的浮子,嫩红的蚯蚓,浮子一送一下,再送两点,轻轻一提,哈,一条鲫鱼在竿头乱蹦!那鳞是多么的干净!那沟塘里的水是多么清冽!

我读废名就是这样,是小林走进了我的生命,还是我走进了小林的童年?我们融合了,童年、生命,糅杂在一起。

现在可以这样去读:这些文字已经是老朋友了,你也已进入中年。晚饭后一切停当,泡一盆齐脚踝的热水,倚偎在藤椅上,脚丫子在水中吧叽着,翻开一页,细细去读。一本《桥》太短了,要省着些。

你的脚在水中吧叽,你很快活,也很受用。

不妨这样去比方:这些文字,可以是一副良药,滋养精神;可以是一剂补品,延绵寿命;可以是一支乡村音乐,和谐内心。

原刊《散文》二〇〇九年第七期

尺度

不敢读《红楼梦》，读了《红楼梦》，觉得自己的那一点文字，腌臜不堪，形同垃圾。我倒是受过《红楼梦》的一点影响。那点影响，只是皮毛。我想多在文字的表面罢了。我二十岁时，听了我一位高明的朋友说，中国没有文学，只有一部《红楼梦》。我是极信他的话的。于是我便将话记在心上。买来《红楼梦》，准备正经去读。可是说实话，凭我当时的一点能耐，根本看不下去。于是我便蛮干，买来两套"红楼"，将一套撕成册页，上课时（那时我正上电大）便带上几页，在课堂上吭哧吭哧抄。抄完一页，便撕掉扔了。这样坚持了有很长时间，把一本《红楼梦》颠来倒去，不知弄了有多少遍，可让我说出个系统来，却不能，因为我是只埋头字面，并没有对人物关系，弄出个子丑寅卯来。

现在"红楼"又热起来。各色人等在说，各种书本在出。王蒙、刘心武索性和"红楼""酱"在一起，开出许多专栏。有的我也看了。也就是个读溜熟了，公说婆说的。于是我近日性起，又将"红楼"翻出来，试着去读。姑且也插一嘴。

　　《红楼梦》真是一部奇书，它怎么就编得这么圆呢！其实真正可以痛快地去读的，应该是从第六回开始，前五回忙着耍花招，交代、伏笔、障眼法。待一切安排妥帖，第六回正式开始写小说了。如何开头呢？我们平时说的，开头"切口"要小。曹雪芹正思"从那一件事写起方妙？"，却"小小一个人家，因与荣府有些瓜葛，这日正往荣府中来"，开始了以刘姥姥的老眼"切入"荣府中去。

　　却说秋尽冬初，天气冷将上来，家中冬事未办，刘姥姥的女婿狗儿心中烦躁，多吃了几杯闷酒，在家里闲寻气恼。那一个晚上，在油灯下"刮淡"（闲扯），油灯下的那几个人：刘姥姥、狗儿和刘氏，无不神形兼备。这些"神形兼备"，不是其他，都是从每个人嘴里蹦出来的。一人一个口气，一人一个理儿。我小时候没看过《红楼梦》，可里面的闲谈方式，那些闲谈中的人，我都见过。有些话我不知听我母亲说过多少遍，也不知是先有《红楼梦》，众人从书中学的呢；还是这千百年的老话，被曹老先生活活地移到书中去的呢？刘姥姥说狗儿："姑爷，你别怪我多嘴。咱们村庄人家儿，那一个不是老老实实，守着多大的碗，吃多大的饭呢。你皆因年小时候，托老子娘的福，吃喝惯了，如今所以有了钱就顾头不顾尾，没了钱就瞎生气，成了什么男子汉大丈夫了！"我母亲说起她的那些侄儿侄女，也是这么个口气，说得入情入理，严丝合缝的。狗儿却道："有法子还等到这会子呢？我又没有收税的亲戚，做官的朋友，有什么法子可想？就有，也只怕他们未必来理我们呢。"由此扯出祖上曾与自家"连了宗"的荣府。刘姥姥说："二十年前，他们看承你们还好，如今是你们拉硬屎，不肯去就和他，才疏远起来。想当初我和女儿还去过一遭，他家的二小姐着实爽快会待人的，倒不拿大……或者他还念旧，有些好处，也未可知。只要他发点好心，拔根汗毛，比咱们的腰还粗呢。"刘氏接口："你老说的好，你我这样的嘴脸，怎么好到他门上去？只怕他那门上人也不肯进去告诉，没的白打嘴现世的。"你瞧瞧你瞧瞧，"就和""着实""拿大""念旧""嘴脸""打嘴现世"，哪一样不是我们现今生活中百姓的口语？"议论"半天，推出了刘姥姥。刘姥姥道："哎哟！可是说的了，'侯门深似海'。我是个什么东西儿？他家人又不认得我，去也是白跑。"狗儿说："不妨，你竟带上板儿……"刘姥姥见女婿女儿都不是个法儿，于是自找台阶："我也知道。只是许多时不走动……你又是个男人，这么个嘴脸，自然去不得；我们姑娘，年轻的媳妇儿，也难得卖头卖脚的。倒还是舍着我这副老脸去碰碰。"一切说得合度压辙，没有描写，没有议论，一切皆从嘴中出。这嘴，不是油嘴滑舌，也不是热讲八说。全在法度"拿捏"适度，法度要紧，法度要紧。

我近来写了些小文字，受到朋友们热捧，一时心窍迷惑。连日读了"红楼"。"红楼"就像一把魔镜，现出我的嘴脸，把我又打回原形。

原刊《散文》二〇〇九年第七期

云片糕

春节回乡，收到多条云片糕，都是我县铜城镇糕点厂生产的。铜城大糕是一方名点。据县志记载："薄如白纸，点火可着，卷如香烟，不断不裂。"其制作工艺十分讲究，米粉、白糖、猪油和水的比例都相当严格。文火烘炖，刀工精细，可谓刀刀见底。这样的大糕，绵软，爽口，不油腻。

平时不常回家，因此春节主要任务是走亲戚。大年初一就去了乡下的四姑家，姑父去世多年，姑妈一人在乡下住。我们到庄上，远远地姑妈就迎了出来。之后坐在院子里，瓜子、糖果，当然还有大糕。现在的人已经不吃大糕，大糕成为一种象征。四姑一定要让我的孩子吃两片，意为要步步高升。孩子却意不过，只得吃几片。就连我，也逃脱不掉，也是要吃上几片的，因为在姑妈心中，我永远是个孩子。记得四姑父在世的某年，我们去拜年，四姑父坐在冬日的太阳下的藤椅上，披着厚厚的大衣，那时姑父已查出肺癌的晚期，他淡然地坐在藤椅上，我给他点上烟。烟叼在他的嘴唇上，口水也不自觉地流了下来，他扭动着身体，要为我拿糕吃。

我说不用了不用了。四姑父说：

"这是云片糕，铜城大糕……"

没过几个月，四姑父就走了。

隔日我到三姑家，三姑的腰已弯到了地，她竭力地昂着头看我们。冬日的村庄十分萧条，那高大的树，光秃秃的，村庄上的鸡、狗、猪，仍十分活跃，显出作为乡村的生气来。三姑依然是弄一个簸箕捧出许多吃食，当然云片糕是十分必要的。之后的几天我们又去了舅妈家、姨娘家……

回来数数，呵！收集的大糕都快有七八条了。

前几日读《儒林外史》，读到第二回"王孝廉村学识同科"，申祥甫一行在村口观音庵商量做个学堂的事，和尚捧出茶盘——云片糕、红枣和些瓜子、豆腐干、杂色糖，摆了两桌……我就觉得很是亲切。吴敬梓是全椒人，离吾乡不远，他也许去过吾乡，或者是在扬州识得。再往下读，读到第六回，写严贡生回乡，则实在让人忍俊不禁了：

> 那日将到了高要县，不过二三十里路了，严贡生坐在船上，忽然一时头晕上来，两眼昏花，口里作恶心，哕出许多清痰来。来富同四斗子，一边一个，架着膊子，只是要跌。严贡生口里叫道："不好！不好！"叫四斗子快去烧起一壶开水来。四斗子把他放了睡下，一声不倒一声的哼。四斗子慌忙同船家烧了开水，拿进舱来。严贡生将钥匙开了箱子，取出一方云片糕来，约有十多片，一片一片，剥着吃了几片，将肚子揉着，放了

两个大屁,顿时好了。

剩下的几片云片糕,严贡生搁在船板上,半日不来查点,恰那船家肚饥,又害饥瘆病,于是就顺手一片一片拈在了嘴里,严贡生见着,又假装不见,只不作声。待下船时,一切行李箱笼收齐,船家水手讨要喜钱(小费),严贡生忽然转身走进舱来,眼张失落的,问四斗子:"我的药往那里去了?"四斗子并不知:"何曾有甚药?"严贡生道:"方才我吃的不是药,分明在船板上的!"

船家掌舵的说:"想是刚才船板上的几片云片糕,那是老爷剩下不要了的,小的大胆就吃了。"

严贡生道:"好贱的云片糕!你晓得我这里头是些什么东西?"之后就胡扯要值几十两银子,是"省里张老爷在上党做官带了来的人参,周老爷在四川做官带了来的黄连"。之后就吼道,"你这奴才,害我不浅,以后我再发晕病,拿什么药来治!"

一通乱吼,把船家和掌舵的吓个半死,哪里还敢讨喜钱,只得跪下来求饶。严贡生还忿忿的:

"还说是云片糕!再说云片糕,先打你几个嘴巴!"

读后实在是忍不住笑,这个严贡生还真是幽默极了。可是,是严贡生么?实则是吴敬梓的幽默。这是大幽默,让人落泪的幽默。

原刊《大公报》二〇一〇年四月十一日

两个青年

八十三年前,在法国巴黎的一条叫奥德翁的路上,有一家叫"莎士比亚之友"的租书图书馆。一个上唇留着浓密胡须的青年经常光顾这家不大的、但十分友善的图书馆,这个青年就是后来名声显赫的文学家欧内斯特·海明威。同样,在八十三年前的北京,在一个自称叫"窄而霉小斋"的小旅馆的一个房间里,有一个来自湘西的小个子青年,一边流着鼻血,一边在寒冷的没有火盆的房间里写作。这个小个子青年,就是我们热爱的"只有小学文化,硬是靠自己的一双手打下一个天下"的沈从文先生。

在《流动的圣节》和《从文自传》中都可以找到他们年轻的、充满热情的,然又是苦闷的青春岁月的身影。海明威生于一八九八年,一九二一年二十二岁的海明威在美国小说家舍伍德·安德森的介绍下以《明星日报》驻欧洲记者的身份来到巴黎,住在勒穆瓦纳主教街七十四号的一间寒冷的屋子里,开始了自己的文学创作。因为寒冷,海明威通常到咖啡馆去写作。而同样是一九二二年的沈从文,由于在上司处接触到林纾译的狄更斯小说和阅读新文学书刊，受了《新潮》等刊物的蛊惑，二十岁的沈从文在"苦苦思索了四五天"之后，便懵懵懂懂来到了北京，在寒冷和饥饿中学习写作。海明威不是有这样名言吗？他在《流动的圣节》中是这样说的：在你不得不规定自己只吃个半饱的时候，必须控制住自己，不要老是想肚子有多饿。饥饿是有益的磨练。

也是，伊壁鸠鲁不是说过吗：欢乐的贫困是美事。

这两个青年，他们是幸运的。他们在青春岁月便来到了文学艺术的中心。不可想象，如果一直蜷居在湘西的小城凤凰，沈从文会是什么样子，也许是个会计，也许是个税务干部。他们的幸运还不仅仅是这些，他们从青春岁月的开始，便专心致志地一门心思地写作，二十岁到三十岁是人生多么重要的时光。沈从文自己说过，一个人写一辈子小说写不好才真是怪事。他们当然也遇到了一生也不会忘记的引路人。海明威遇上了格特鲁德·斯坦因小姐，遇上了莎士比亚图书馆的主人西尔维亚·比奇；沈从文遇上了徐志摩和郁达夫。

不要相信有什么天才啊。沈从文自己说过，他是一个相当蠢笨的人。沈从文说他自己就是"耐烦"。我能想象得出那个忧郁的青年小小的身体伏案写作的样子，而海明威的飘动的身影，则永远留在巴黎圣米歇尔广场上的那家雅致的咖啡馆里。他自己说，不要着急，写上一句你所知道的最真实的句子。又说，剔出那些华而不实的东西，从第一句简单而真实的句子开始往下写。他们就是这样写下去的，一切并不如后人传说的那么神秘。他们就是用这样"简单愚笨"（沈从文语）的方式，在孤独寂寞中写下《边城》、《湘行散记》、《老人与海》、《乞力马扎罗的雪》和《弗朗西斯·麦康伯短促的幸福生活》等脍炙人口的名篇的。

想想真是奇怪，他们肤色不同，民族不同，所运用的语言不同，但这并不妨碍他们走向世界，因为他们笔下的人物有共通的东西：人，人性；美。

可生命总是脆弱的。半个世纪后，两个青年经历了各自的命运的捉弄。虽然他们的事业都取得了巨大的成功，走进了历史。然由于种种原因，中国的这个老人，寂寞、苦闷、无助，曾经割腕自杀，大洋彼岸的那个老人干脆用自己心爱的猎枪打掉自己的大半个脑袋，结束了戏剧性的一生。

可他们的生命是璀璨的。

其实，六十年之后，也有一个青年步两位之后尘，来到北京，住在潮湿而肮脏的筒子楼里，在爬满蟑螂的小屋里学习写作，可是这个青年就没有这么幸运了。这个青年是谁，我想不用说读者朋友也会明白的。

巴黎是艺术的起点，同样北京也是。

原刊《联合报》二〇〇九年十月十九日

机遇

有人说,机遇是为准备好的头脑准备的。我翻捡旧日记,回顾自己这二十多年所走过的路,还真为这句名言做了注脚。

十五年前,鲁迅文学院在全国所有文学青年的心目中,无疑是一块圣地。我们县的两个人都去了鲁院。于是我托朋友联系,将自己的材料寄过去,以期能进入鲁院"五进"(第五期进修班)学习。几个月后,眼看开学在即,我却没有收到录取的通知。我于是焦急万分,从县里将电话打到北京,结果告知我寄去的材料并未收到。我情急之下,同单位扯谎,说家里有点事,便带上材料,从县里坐汽车到地区,再从地区转坐火车(其实是在火车上站了一夜)赶到北京。

鲁院正是报到的时候,一派热闹景象。而我此时却毫无着落,心中十分空虚。朋友带我找到校方的有关领导,却告诉我,已经迟了,没有床位。那天朋友又带我去找负责培训的张玉秋老师。当时的情形真是颇具戏剧性,令我无限惊喜,也足以证明我的"机遇论"。我在一九八九年三月六日的日记中写道：

> 朋友带我去找何镇邦，何老师不在。我和朋友转身离开。走了几步，朋友又回头询问张玉秋老师，进门就吃了张老师一羹："你来迟了呀！"我着急说："我已经来几天了！"朋友插话说："都听了两堂课。"张老师笑着，可并没有同意的意思。据说她最坚持原则了。恰好这时走进来一个白胖白胖的青胡子老师，他进门就说："已经报到了多少多少人，有一个人不来了，听某某某说的。"张老师追问："是不来了？"白胖的老师说："他和某某某在一个单位，某某某说，领导不同意他来。"这时我的眼睛睁得大大的，看着张老师，张老师没有了办法，便说："就给他吧。"又望着我说："你又没有材料呀！"我说："有，有材料。单位介绍信和作品。"张老师说："拿来看看。"我一转身，一溜烟跑上四楼，取来材料。张老师看了看，给我开了录取通知。事情办成了。

你说这事巧不巧？如果朋友不回头问一声，走了便就走了；如果那一位青胡子老师要是迟来一会儿，错过了也就错过了。可事情偏偏就安排得这么巧，莫非冥冥之中真有神助？

拿到录取通知，我并不敢停留，我还必须赶回单位，只有征得单位领导的同意，我才能真正获得这次学习的机会。

于是我便带上录取通知,当晚赶火车回到地区,找到地区文联主席家里。我说明了来意,他立即给我出具公函(我们这个文联主席郭瑞年育人多矣,我们非常感念他):"兹有我地区文联和安徽省作家协会推荐,中国作家协会审查该同志的应试作品,已录取到中国作家协会鲁迅文学院第五届短训班,为期四个月,望贵单位能照顾让他赴京学习。"我拿着写好的公函,到文联去盖了公章,便又赶回到县里。回到单位,我找了一张邮戳模糊不清的旧邮票,工工整整地贴到公函的右上角,封好封口,自己瞅个没人的机会,便将信投到自己单位的邮箱里(绝对不能拿着信去找领导),之后坐回到自己的办公桌前,静候回音。

那种等待的感觉是奇妙的。身体里的每一根神经都是奇妙的。果然上午十点多钟,有人通知我,领导叫我到他办公室去一趟。我的心立即狂跳不已,可我必须镇静。我来到领导办公室,见我早晨投到信箱里的那封信,已经被领导拆开看过。领导让我坐下,我哪敢坐。领导说,地区文联推荐你到北京学习。我可怜兮兮地说:"我已经接到录取通知,可我不敢讲。"领导说:"你自己想不想去?"我说:"我当然想,机会难得的。"领导想了一会儿,说:"时间不长,四个月,你想去,就去吧。把工作交一交,去学习吧!"我当时那感激的心,无以表达。

这一次放飞,使我得到一片自由的天空。鲁院的学习,使我的心从此飞向了远方。同时也使我知道，一个人的一生，机遇是多么的难得。

原刊《文汇报》二〇〇八年七月十五日

淡水斋三记

顽童记

我少年顽劣。时至今日,我的母亲有时还说:"你小时候真是顽皮得'伤心'。"是的,我的童年在家乡的县城。十六岁之前我在那个县城钓鱼、摸虾、爬墙、上树,无所不能。

童年的天空真的是蔚蓝无比,那是从孩童眼睛里望去的天空。我整日无所事事,在县城的大街小巷瞎转。特别是夏日的中午,大人们都在睡觉的时候,我经常来到县城的公园(其实是一个杂草丛生的大废园)的白土地的球场上玩耍。一日中午,正巧撞见麻子和歪嘴打架。他们已打了一会儿,因为周围已挤了一些人。我见有人打架,立马兴奋了起来,立即趔趄着脚——脚下的凉鞋鞋绊断了——跑过去朝人缝里钻。我见所有的人脸上此时都带着无所事事的笑容,饶有兴趣地观看。麻子和歪嘴正打到高潮。歪嘴因发育不全，比麻子矮了许多，似乎已经吃了亏。可歪嘴的勇气是麻子无法相比的。忽见歪嘴倏地冲出人群，低着头在地上斜刺着，边跑边找。他是在找砖头。终于歪嘴手里提着一物又斜刺着回来，人群嗡地一下全都散开。麻子一下孤立在原地，也开始低头去找。我斜站在麻子三十度的位置，正扎着手激动无比，晒得通红的脸此时因兴奋更加漂亮，像一只熟透的苹果挂在半空。我单听得歪嘴边斜刺过来边吼："狗日的们都给我让开……砸到头赔卵子噢……"我正为这卵子和脑袋怎么可以同日而语去笑，却感到头顶一热，赶紧用手去摸，可是热血已经从指缝中蚯蚓般地爬了出来。我扎叉着手一看，满手是血。我一下子哭了起来。歪嘴也被吓住。麻子一愣，赶紧拔腿飞跑。

进得中学，正是七十年代初期，到处一片混乱，家长和老师都在忙"革命"，我们则忙着"学工学农"。县一中有一个校办农场，我们经常到那里去"学农"，有一次修大堤，要家里带锹。我骑着一部"永久"自行车，将锹用绳子拴在车后拖着玩，听那"叮叮当当"的响声。当骑过北门大桥（即我心目中的南京长江大桥）时，我昏了头，使劲猛踩，一下不小心锹头打着了一个老太太的脚。老太太找到我家，我家赔了二十个鸡蛋。

我记得那时"学"的是挑土。我个子矮，可我肯"玩命"，一整天就见我在那大堤上奔跑。那时有火线加入红卫兵一说。不知怎的，我便被作为后进生转化的典型"火线"入了红卫兵。我记得大广播里说我，挑土肛门都磨破了，拉出了血。大广播说得我热血沸腾。

即使如此,我依然极其顽劣。革命越来越红火。大人根本无空顾我们。我们也落得快活,上学要去就去,不去就到街上野玩。那时我已学会了钓鱼,县城的四乡八镇都给我跑遍了。我们早晨四点就起床,之后跑到乡下人家的塘沟里钓鱼。那时的鲫鱼特别多,童年的乡下池塘边真是美妙无比。我记得有一回我同一个姓蒋的同学去钓鱼,鱼没钓到,我们便跳到塘里去崴藕。崴着崴着我的屁眼有点痒酥酥的。我伸手去一抓,一只蚂蟥已经拱进去一半。我用了好大的力气才将这个"孽物"拔出。好险呀,这个家伙要是钻到我的肚子里我可要受大难了。

久而久之,我也染上了一些不良习气。经常伙了一些一般大的狐朋狗友,打闹着到街上小摊小贩处偷桃、偷梨、偷西瓜。我们偷钓鱼钩的办法真是奇了又奇。县药材公司旁,有一个卖鱼钩的老头,六七十岁的样子,精瘦的,秃顶,脸上有个大红记。他戴了一个断了腿的老花镜,那断了的腿绑着白色活血止痛膏。我们走过去,跟老头还客气一番,之后便开始挑选鱼钩。我们拿着几只大号的鱼钩在装模作样地选着,将鱼钩贴到眼睛跟前,却拿眼睛的余光瞟着老头。老头眼力差,他一分神,我们即将鱼钩丢到嘴里。再佯装挑选一番,之后便溜开,蹿到巷子里去,嘴一张,有时竟能吐出十几枚钓鱼钩!

从小偷小摸的"混顽",之后发展到进工厂偷些废铜烂铁,到废品收购站换些小钱,买零食吃。有些玩法,已近犯法，只是因为年少，因为那个特殊的年代，也无人操这份闲心。并且，还学会了"滚铜板"，赌些镍币，非常入迷。

至于家庭，母亲整日忙着上班，到砖瓦厂去掼砖坯，父亲倒是威严，要我好好读书，可他整日忙于工作，又有许多年调到公社去当书记，更无暇管束我了。父亲长得极为清癯，抽烟特凶，终日默默无言。有他在家，家里终是死气沉沉，我们便如老鼠一般大气不敢喘一口，终是活泼不得（可一出家门，我便又活泛起来）。可父亲在家的时候毕竟很少。母亲又终日忙于生计，且不认识字，也谈不上教导我。我便撒开手脚，野疯野玩，也没人敢管，竟成了一个自由自在的自由人了。

求学记

柴可夫斯基说过，机遇是一位不喜欢造访懒汉的客人。我能去北京大学读书，正是这句名言的最好诠释。

我这人少年顽劣，开窍甚晚。十八岁受我考上大学同学的刺激，开始发奋读书。当时也不知是怎么想的，反正那时少年冲动，便想去当作家，写出一部《红楼梦》来，把我那些考上大学的同学都给盖了。现在想来，少年时的大话真是吓死人的。不过如果没有少年的妄想，我今天也就绝不能写出一些字来刊登在报纸上。我当时受刺激的情形你现在是难以设想的。

有两个刻骨铭心的场景我至今不能忘怀：是一九八〇年夏天吧，太阳当头。我背着书包去补习，走过我每天必须经过的球场，那正是我的一九七九届的同学考上大学第一年的暑假，那些春风得意的少年正用同样青春四溢的身体在球场上汗如雨注地奔跑（那是我第一次见到足球），他们穿着各自大学的汗衫（我记得有"上海交通大学"、"武汉测绘大学"、"安徽大学"等）已经湿透，每个人的脸上红扑扑的，漾溢着快乐和自豪。我当时那个自悲呀！恨不得有个地洞钻进去！

另一个情形更加悲惨，是在我一九八〇年的高考又一次落榜之后的日子，我到我妈妈工作的轮窑厂做工——削砖坯（把由机器压出来晾得半干的砖坯的毛边用瓦刀一面一面削去），那是怎样的一种工作！七月最高温的夏天，我在太阳下面一工作就是一整天（中午带一饭盒油炒饭）。一个夏天下来整个人晒得像个黑驴蛋！那天我下工骑车回家，在县城东门的大桥上，偏偏撞见我的中学女同学。她原来是我的班长，考上一所中国人民解放军的军事院校，她人长得美丽端庄，扎两个小辫子。你想想看吧！又是女兵，又是大学生，在那年岁，啧啧！我见了她正扭头想走，偏偏给她看见，叫我的名字，我只得停下来同她说话，说的什么我现在一点记不起来了，但当时我满脸通红，一副脏兮兮的滑稽模样肯定吓坏了她。我发现她眼睛里充满同情和怜悯，没说几句话便匆匆走了。我当时窘得肯定像一个傻瓜！这样的情形，在一个十八九岁的少年的心中永远不可磨灭,我发誓要上大学,可那时要上一个大学是何等艰难啊!在我日后工作之后,我一刻也没有忘记做大学梦。我算算和我擦肩而过的大学就有十几所:武汉大学、西北大学、复旦大学、华中师范大学……最终我在三十二岁时在北京大学圆了我十几年的梦想。

可是这个时候做个老大学生的滋味已不对啦!我曾在一本书的后面记过这样几句话:"三十多岁的我和一帮风华正茂的青春美少年一起混在北京大学,总觉得心里怪怪的,好像人家才是正经八百的莘莘学子,我们则是一些学'混',是为混一张文凭,混一个金字招牌。我虽也尽力去进入角色,和那些青春飞扬一脸稚气的少男少女们一同进课堂,一同进食堂,一同去三角地看最新电影,一同到小馆子吃小炒、喝啤酒,可心里始终有些不对味,老婆孩子仿佛影子一样不时在眼前出现。呵!人家是无牵无挂的呵!而你却是有责任的!"

然北大的三年终于使我了却这一生的心愿。从此我不再为学历而奔走,而进入自由的自学的生涯。

这个年又过来了,我已经整整四十二岁了。年前年后我一直在读现代作家、藏书家叶灵凤的《读书随笔》,这套由三联书店出的三卷本的读书随笔真的很好。叶先生是"一位真正的爱书家和藏书家"。在一则《老而清醒的毛姆》的小文中叶先生引了毛姆一篇散文中的一段:"当我四十岁生日的时候,我对自己说:这已经是年轻时代的终结了。"是的,我的又苦又涩的青年时代已经终结了。我必须认真又诚恳地接受这个事实：你不再年轻，你已经到了中年。

回首自己的青春岁月，我虽有遗憾然并不后悔。在我逝去的十几年的岁月里，我曾洒下了许多辛劳的汗水。我感到自己非常的充实。虽过了四十岁，然我的心中冲谦和易。

苦读记

我曾作《求学记》，历述我为能跨入大学校门所付出的艰辛。其实，我的"苦读"也颇具特色。有些"行状"不在《求学记》之下。

我少年顽劣，开窍甚晚。二十岁之后无意之中爱好上文学，那痴迷癫狂之状，今天想来，还颇令我感动，也颇为滑稽和可笑。

人，真是"无知者无畏"。那时我脑袋空空，除了记得中学课本中的"苟富贵，勿相忘"几句古文之外，还不知文学为何物，也没有读过一本文学名著。所谓爱好，也仅限于地区小报副刊上的一些蹩脚的散文诗。然一个偶然的机会，我得到一本大学课本：《外国文学名著选读》。我从那本书里知道了《复活》和《茶花女》，我在看了课本中的故事梗概之后，便按图索骥，以几角钱一本的价格从书店捧回了几十本外国文学名著。

可真的拥有了，阅读起来，却是个难事。且不说那些冗长的叙述和描写，单是那拗口的人名，就够我一呛。往往好几页下来，还不知所云。然我坚持认定一个死理：既然是世界"名著"，必有它成为"名著"的道理，否则难道全世界的人都"瞎了眼"？于是我咬着牙，想办法使自己读进去。那时年轻好胜，于是便把自己平时练功的一根练功带钉在椅子背上，每天晚上定好时间，坐下来之后，便把练功带扎在腰上，规定自己必须看到五十页才能站起来（中途上厕所和喝水不算）。这样每天五十页，一本五百页的名著，十天也就拿下来了。我至今还记得我第一次用这种方法读的书：屠格涅夫的《父与子》和《前夜》。"一八五三年夏天一个酷热的日子，在离昆错沃不远的莫斯科河畔，一株高大的菩提树下，有两个青年人在草地上躺着。"（这两个人便是舒宾和伯尔森涅夫）——我至今还记得《前夜》的开头。初尝到此法的甜头之后，我便日夜兼程，用这种方式读了大量的名著：霍桑的《红字》、哈代的《德伯家的苔丝》、福楼拜的《包法利夫人》、莫伯桑的《俊友》、果戈理的《死魂灵》和托尔斯泰的《安娜·卡列尼娜》等。

在我试验了"捆读法"之后，我又发明了"抄读法"。记得好像有位名人说过："读书有妙法，抄书是一招。"程千帆老先生在《詹詹录》一书中论抄书时也说："……这种方法，似笨拙，实巧妙，它可以使作品中的形象、意境、风格、节奏等都铭刻自己的脑海中，一辈子也忘不掉。"我先在一个大本子上抄了《复活》的一些章节，之后便开始抄《红楼梦》。我一下买回两套《红楼梦》，将一套拆开，撕成一页页地装在兜里。那时我正在上电大，听那些录音已经把耳朵听出茧子，正无聊之极。于是我便把裁开的《红楼梦》压在课本下面，一页页地去抄。三年电大下来，我把一本书生生地给抄了一遍。日久成癖，之后见到好书手就痒痒。鲁迅、沈从文、废名、汪曾祺等许多作家的许多作品我都抄过。前不久合肥电视台庐州人家给我做了一期节目，说到我曾经抄过汪曾祺的小说，主持人很是吃惊。我说，这有什么吃惊的，我还抄过《红楼梦》呢！观众"哗"地笑了起来。是的，这种举动在今天看来是有些可笑和荒唐，然对于当年的我，不啻为一件快乐和幸福的事。

随着年龄的增长，我不能例外地成家、生子、过日子。有了家庭的人，时间就不是自己的了。我不能像小青年的时候那么随心所欲了。我的"捆读"和"抄读"的习惯在油瓶和奶瓶的碰撞声中渐去渐远。然十几年来，不管我的日子漂泊多远，我读书的习惯从没有丢。近年来我又发明了一种"诵读法"：将一些好的短文，裁开一页页贴在墙上，下班回家，便立于墙的一隅，双手扎叉胸前，摇头晃脑先诵它两页，忽地老婆一吼，便赶紧去淘米洗菜。然边淘洗边回味，心中乐滋滋的。这也可算是人生一大快事吧！

原刊《美文》二〇〇六年第四期

杂读琐记

十九号房

诺贝尔授奖辞说多丽丝·莱辛的作品"如同一部女性经验史诗"。有人不同意,说是对女性的歧视,"女性经验"就不是"人类的经验"?为什么要单单列出"女性",而不列出"男性"?这个质疑是有道理的。不过我读莱辛的《十九号房》时有一个强烈的感受:莱辛对女性的"发现"是有力的,甚至是残酷的。这是一个非常平常的故事,或者说,是没有"故事"的故事。作者只是絮絮地往下说着,她并不期待你耐心地读下去。她并不停下来描述什么,而只是努力地"交代",或者是心理的描述。可当你读完整个作品,那个叫苏珊的女人来到"浮德的小旅馆",躺在十九号房的床上,打开煤气。"她仰卧在绿色的床罩上,双脚觉得冰冷……静静听煤气微小柔和的丝丝声,流入房间,流入她的肺部,流入她的脑中。她漂入黑暗的河流中",这时你才感受到深深的打击。你知道一个孤独的人生是多么可怕,一个孤独的婚姻是多么可怕,甚至想一想,生命又是多么的可怕。我们只有庸常地活着啊!不能去追问我们自己的生活。如若去钻这个牛角尖,真的是多么的可怕。

由此我也懂得,一部作品思想是多么的重要。其实是"发现"。发现了我们庸常的生活中被我们的神经麻木了的东西。我们的许多的写作,过多地注意了细节,注意了细节的罗列,而没有对我们生活的"发现"。这样的"发现"是难能可贵的。我的一个多情的朋友,曾经对我说,你没有什么思想。当时我还颇不以为然。我对他说:"我永远钟情于现象,而不去做一个懂得'道理'的人。"我的意思是:文学要永远钟情于形象,而不要生硬的道理。可是反过来,你拥有一串生动的形象,而没有一个"发现"的"主脑",这一串鲜活的"形象",又何以能支撑起一个"活生生的人"?而且是独特的"这一个"。

这一个不足两万字的东西,给了我一个教训。文学不仅仅是给读者提供一个活生生的"人",还要有所"发现"。发现我们人类共通的东西:比如孤独,无助,甚至绝望。

红楼悟语一百则

出差带了一本《万象》,开宗第一篇,就是刘再复先生的《红楼悟语一百则》。我在合肥飞往桂林的飞机上,一口气读完了二十则,真如醍醐灌顶,脑子一下子开了窍;我不管飞机如何遇到云层颠簸,一门心思看下去,痛快淋漓!

何哉?我对《红楼梦》算是比较熟悉的,二十多岁抄过一遍,之后又陆续翻翻看看,不敢说每个章节都能背下来,但翻到哪个章节,都是眼熟的。多年前也看过一些关于"红楼"研究的书,不管是阶级斗争论,还是才子佳人论,不管是索隐派,还是考证派,不管是"见淫""见《易》",还是"缠绵""排满",我都乱翻一气;自己心中私想,我是学习创作,也不是研究"红学",看人家曹老先生的文字就够了。最近一段,见天津《今晚报》连载王蒙先生的《漫说"红楼梦"》,一周一篇,说真的,我也只是看看,并没有心有所会;而刘先生的这一百则,却给了我当头一击,这真真是天才的发现。刘先生说"《红楼梦》没有宗教,但有宗教情怀"。这种"宗教情怀,便是兼美、兼爱、兼容的大宽容与大慈悲";刘先生说,贾宝玉"像个少年基督",他是"把审美放在宗教之上的地上'圣婴'"。

这些"发现"真是令我感到十分的温暖啊。我说怪道世人痴情于这部"奇书",原来它是文学的"圣经"。它的大慈悲,大情怀,以及那些富有诗意的生命,才是真正吸引我们的神奇力量。唉,一个"呆"读书的人是没有出息的,人不能"陷"入书中,否则就"蒙蔽"了双眼;精读还要兼读,否则就不能融通。有一点领悟,也不能超然,也只是一堆"死知识"。

来的是谁

《来的是谁》是沈从文新中国成立后唯一的一篇小说,尘封了三十五年。新近发现,发表在上海的《文汇报读书周报》上。我晚上边洗脚边漫不经心地看。实在是好得很。

我曾读过沈先生一九五七年写的一篇散文《新湘行记——张八寨二十分钟》,我以为不好。沈先生自己也说过:我是落伍了……跟不上时代了……现在从《来的是谁》的情形看,事实并不是这样子的。这是一篇非常完整的小说。手法似乎还有一点西方短篇的方式;而文字的作风,仍然是沈先生的一贯作风。从这篇文字里,可以看出沈先生三十年代的经验。沈先生曾说过:要能驱使手中的笔……要首先想法把手中的笔弄活。从这篇文字,能看出沈先生自己是怎么做的,那真是一支灵活的笔。

这篇小说还有点神奇。那个神秘的老人,到最后也没有告诉读者是谁,可是从通篇来看,还需要点明来的是谁吗?——如果说出来,那是多么的愚蠢!

小说开头写道:

> 一九七×年十一月间,北京城里照习惯天气本来十分晴朗,还不太冷。大街上两旁白杨树高高上耸六七丈,许多还是"木叶微脱"的景象。

接着写道：

> 某一天下午三点左右，因西北寒流的突然侵袭，气温忽然降到零下约十度。到六点前后，大街上行路人，下班的、散学的、买货的、借公事办私事的、各色各样的人上百货公司闲逛的、走路的、骑车的，凡事先没有准备的，多缩住个脖子，显然有点招架不住，难于适应……特别是从南方来新下火车的，一出了站，自然觉得格外寒气逼人。

沈先生说过：写人或者写什么东西，把这个地方风景插进去写。人是在这里活动呢，容易出影响出效果。这篇《来的是谁》，沈先生用了近两千字交代北京城某天下午三点，突然寒流袭来的街面和车站情形，写得又轻松又幽默。——那种幽默是不经意的。这样那个神秘的小老头子就在这样的风景中活动，一派北京城快入冬的景象就出来了。

沈先生是写气氛的高手。他在西南联大时，曾给学生布置作文：记一间屋子里的空气，记一个黄昏街面店铺各色人等的活动……汪曾祺先生著名的小说《异秉》，就是在"记一个黄昏街面店铺各色人等的活动"的情形下产生的。沈先生喜欢做各色各样的试验。他晚年还说"一切都在试验之中……"他曾把自己的小说裁成窄条,试验各种组合方式;他曾许诺为张家的小五写故事,于是写下了《月下小景》;他的《泊曾家河》、《水手们》,为写给"三三(张兆和)的专利读物";他晚年还称自己的作品为"习作",他不是自谦。他终生都在学习,都愿意去学习。打开沈先生文集,煌煌十二卷。他这一生写得真是多啊!他喜欢说"耐烦",他一生性情温和,他实在可以算得上"耐烦"的。

在这篇小说里,我们还看到了许多人的影子。首先是他自己,"那个神秘的小老头",也许是他从湖北咸宁干校回来。——肯定是从咸宁干校回来。张永玉、张梅溪、张黑蛮、张黑妮……那是黄永玉一家;还有汪曾祺!那个"作导演的还是戏本原执笔的汪伯伯"。

沈先生在开篇写道:"一九七×年十一月间",究竟是一九七几年呢?这个"×"是沈先生涂改过的,我反复贴着字面看,也不能确定是七"几"年。七一年?抑或是七六年?实在无法明白。从沈先生手迹看,他用的是文具商店一贯都有的"通讯稿纸",沈先生在文前注明"计二十页约八千多字"。

一切仿佛是在猜谜!读这样的文字,真是有意思得很!

成也潇洒,败也潇洒

立在书店,看董桥《文字是肉做的》,恰翻到《早也潇潇，晚也潇潇》一则，说："蒋坦的《秋夜琐忆》写娟秀的秋芙种芭蕉，叶大成荫，秋来雨风滴沥，枕上闻之，心与俱碎；蒋坦于是在叶上题句云：'是谁多事种芭蕉，早也潇潇，晚也潇潇。'"读到这我忍不住"噗哧"一笑，吓了边上看书的人一跳！你道为何？是我从"早也潇潇，晚也潇潇"这八个字的字面上想起一件趣事来。

十年前我在北京一家报社做编辑，编到一则来稿，内里写到一个人，成事是他败事也是他，于是作者用了成语"成也萧何，败也萧何"。那时报社都是专门的校对。负责我这块版的那位美女校对，送清样给我时，竟用红笔大大地将"成也萧何，败也萧何"改成"成也潇洒，败也潇洒"。我看后忍俊不禁，也是失声笑了，吓了边上一位编辑一跳。我边笑边摇头晃脑，口中迭不住："妙哉！妙哉！"我绝无讥笑这位校对的意思。"不知者不为过"。我只是觉得这改得实在是机智和妙巧，可以说是神来之笔。这从她那牵出的红笔线条的干脆和毫不犹豫大笔一挥的形态可以看出，那确乎称得上是神来之笔。

说她是美女，也绝非是奉承和恭维。她个头不高，但生得很丰满，夏天她领口开得很低，胸口像矮矮的树上结了很大的果子活活地动着。她用了很浓的香水（并不难闻）。她走过去，一阵风都是香的。她穿短T恤，牛仔裤，一头长发，发梢蓬松，染了金色，青春的活力和旺盛的生命在她身上涌动着。她很健康，也很机智。

我调离报社不久，就听说她也离开了报社，去了一家广告公司。有时新年，还收到过她寄来的贺卡。近十年过去了，偶尔听旧友说起她，说她成了款姐，在北京有了自己的房子，自己的车子，还开了一间自己的公司。后来又听说，她有了一点麻烦。之后就不大听得到她的音讯了。

沈从文先生说，读书不是受影响，而是受启发。可是影响和启发又有多大区别呢？启发可能更多的是引发开去，由此及彼。比如我现在立于这个小书店，由董桥的这句"早也潇潇，晚也潇潇"，而想到这件深埋于心底的无厘头的旧事，就是一个意外的例证。

原刊《西安日报》二〇〇八年一月二十三日、三十日

午后的黄蜂

刘震云在朋友家一次奇特的吃面经历,是一件有趣的事。

二十年前,刘震云北大毕业分配到农民日报社刚开始发表小说。他写的一个短篇小说《乡村变奏》在《青年文学》发表,一个安徽滁州的文学青年给他写信,对他的这篇小说发表意见,于是就建立了通讯联系。刚好不久刘震云到滁州采访,他不认识这个县里的任何人,便打电话给这个通信的朋友。刘震云打的是朋友单位的值班电话,朋友的同事还不错,居然骑自行车到朋友家里为他找人。

他的这个朋友正蹲在灶台上喝粥,听说北京来的记者找他。因他北京也没有一个熟人,只跟这个叫刘震云的通过几封信,便估计肯定是这个人。于是骑上自行车飞奔到县宾馆,找进房间,一打问,果真是刘震云找他。于是这两个从未谋面的朋友聊了起来。那时人还比较单纯,不浮躁,于是聊的话题也多,人也真诚实在。聊着聊着,时间过了十二点。朋友以为刘震云是北京来的记者,过一会儿县里肯定会来人通知他吃饭，弄不好刘震云也留他，还能跟着吃一回县里的饭。可是过了十二点，眼看要一点了，还没有人过来请。那时记者还没有像现在这样让人"头皮发怵"，县里估计也没太重视。于是朋友说，干脆请你到我家去吃吧？刘震云看看快一点了，也没有人过来，于是说，那好吧。便跟了朋友出来，上了朋友的自行车，由朋友驮着，穿过县城熙熙攘攘的大街，来到朋友家在县城西门的一个独院里。

朋友家没有任何准备，只有父亲一人在家，锅里一锅清水。已一点多钟，买菜现做也来不及，于是便下面条。三个男人，下了一锅的面条，放了许多的酱油和蒜花，就在院子中心摆下桌子，三个男人坐定，"呼啦呼啦"吸面条。正吸到劲头上，不知从何处飞来一只大黄蜂，"嗡嗡嗡"地在头顶上转。这是一只身上带着黄点、非常健硕的标准"老牛蜂"，据说可以把老牛蜇疯。这家伙看来"吃"得不错，长得像一只小苍鹰，飞的声音非常响。它像一只直升机，在头顶上做着各式动作：俯冲、拉起、盘旋，朋友起来轰它，根本不起作用，父亲又找来一只鸡毛掸子，在空中乱舞。可这家伙，太敏捷了，你根本近不了它的身。

于是大伙儿便不再管它，埋头抓紧吸面条，偶尔它冲下来，大家齐动手去"轰"。季节似乎是个大夏天。面条吸得急了，三人满脸流汗，可不管不顾。头顶上"嗡嗡嗡"着，三人埋着头吸。院子里有两棵高大的泡桐树，绿荫一地；墙边上的鸡冠花和野茉莉长得正旺，有几只鸡在远处啄食，不时发出"咕咕咕"的声音，和这头顶上的"嗡嗡嗡"声相应和。

朋友父亲幽默。吸完面，为了缓和一下气氛。他尖声对刘震云说："乡下的黄蜂也晓得你城里来，特来为你舞蹈。"

刘震云喘了口气，慢悠悠地说："这个黄蜂和午后，我会记得的。若干年后，也许还来个'小刘梦蜂'呢！"

事情过去多年了。事后朋友想来，这只大黄蜂，它从哪里来的呢？反正不会是朋友家的泡桐树上的。因为树上没有蜂巢。可能是屋后的小树林子里的。那里杂树多，这家伙不知怎么迷了路，撞在这个午后，与这三个人相遇了。

那会儿刘震云人还年轻，还没有写出今天的《手机》和《一句顶一万句》。那顿午餐虽然简单，又遇见黄蜂这么一个小小的插曲，可没觉得有多么尴尬。事后想想，反觉十分有趣。

但这确实是一次令人难忘的午餐。

原刊《大公报》二〇〇九年九月三日

两件小事,或一盏灯

我刚开始学习创作的时候,跌跌撞撞。能把文字写出去发表,对我来说就像是神话。我不是天才,又没有基础,而且人很笨。可一个人一旦对某件事痴迷,往往是没有自知自明的。我于是天天在一间小黑屋子里捣鼓。"小黑屋子",不是文学夸张,而是白描。为了与灵魂对话,不让灵感一闪而逝。——灵感像精灵,是要小心呵护的。——我将一张小课桌藏在蚊帐的后面,巴掌大的小窗户也挡得严严实实,白天也是一盏台灯,用报纸捂着,只露着桌面前一团光。肚里没有,精力再集中,也是白搭,于是死揪自己的头发。仿佛苦恼之极,其实都是自找。人哪,得意之时就会发昏,而苦闷的时候,往往非常清醒。对别人哪怕是微小的帮助,都会铭记在心,感激不尽。记得一个冬天的夜晚,外面下着清冷的小雨,大约十点多钟。我正在灯下"揪头发",突然我家院门被敲得山响,待我打开自己小屋的门,人已站在门口。我父亲将他们领了过来。我一看,是地区文联主席郭瑞年和我县作家钱玉亮。郭主席身材高大，在黑影下，我也能认出。他还有一口浓重的江苏泰州腔，声音又高，即使见不到黑影，凭声音，一里地我也能听出。与郭主席在地区文联的会议上见过几面，也通过不少信，知道他为人随和，但在这样黑咕隆咚的夜晚，去看望一个毫无成就的文学青年，这还是在我意料之外。郭主席是"县团级"，在我那时的心中，已是大官。更何况这个"县团级"是专程来看我的？他的"行头"还是一贯的：一个小人造革黑包，包里一支笔、一个本、一瓶墨水、一沓稿纸。

那个晚上谈了什么，我已没有印象。但这一个情景，这一幅画面，是深入我心的。它也许已经被我的心美化了，文学化了。可它对一个文学青年的激励，是巨大的，是无以复加的。也许这样的事，对于郭主席是家常便饭，是再平常不过。他自己也许早已忘记。可他哪里知道，他的这番举动，对于一个正处于苦闷中的文学青年，作用是多么巨大。它无疑是一盏灯。一盏茫茫黑夜中的航灯，照亮迷茫者前方的路。

一九八九年我想到鲁迅文学院进修，可我寄去的材料石沉大海。我这人，是一头牛的脾气，想做什么事，是不顾后果的。于是我一脚踏上火车，找到北京去了。到那人家已经开学，一副热火朝天。我憋着听了两天课，又去找校方磨蹭。咦！果然有一个人不来了。人顶在面前，看我急切的样子，只得将那个名额给我。我一时仿佛都要飞了起来。于是赶紧"站"回县里（火车上站着），找到地区文联，找到郭主席的家（是个周日）。我说明情况，请他给我们单位写个推荐信，就说是由他们推荐的。

郭主席二话没说，立即拿出有单位抬头的信纸，取出钢笔，以他一贯有些倾斜的字，为我开介绍信。说由我们和省作协推荐，你单位某某同志到中国作协鲁迅文学院进修，希望你单位给予支持云云……你别小看这个介绍信，它是有公章的，它代表一级组织。我一个小小的个人，算个屁！如果去同组织上讲，行吗？信写好后，他又为我联系办公室同志，让我过去找，请她陪我一道到文联，为介绍信盖公章。

其实，这只是我自己亲身经历的两个小事例。我们的郭老，育人多矣！

那个时候，我们那个地区，能有这样的一位文联主席，我们是幸运的。别的地方，别的时候，文学青年们，有没有遇到过这样的文联主席？一位关心、爱护，甚至是"溺爱"文学青年的这么一位前辈？我不知道。反正我们的这个郭主席，让我们觉得幸福。他是巴不得他眼下的作者都能飞。飞得越高越好，越远越好。他不嫉妒，不牢骚（如某人出名了，忘本了），也不想日后沾光。他偶尔也会抱怨。为自己的无能，为自己办不成的事抱怨。比如想为某个作者开研讨会，可资金筹措不到。有时他说起来，能急得不成样子，甚至急得话都讲不连贯，嘴里就是"这这这……"脸都涨红了，可是我们从不怪他。非但不怪，还很爱他，觉得他的迂腐和犹如唐吉·诃德大战风车般的可笑和天真。

我愿在心中为我们的这位文联主席，塑一座丰碑。他这座灯塔，只要我们无意中想起，都会充满温暖。

原刊《文学报》二〇一〇年四月二十二日

击倒读者的文字

我过了四十岁越发地呆了。仿佛脑子出了问题,终日痴痴迷迷,又仿佛除却书与文章,天下便没有我感兴趣的事体。大街上人来人往,都显得甚是忙碌,商场里也是人头攒动,人们的脸上笑逐颜开,一切都显得那么的美好。而我却终日紧锁着眉头,心中仿佛压着巨大的事情,每天下班,两腿便被绳索牵住一般,不是报刊摊点便是书店。前两天这个城市的郊区整日焚烧秸秆,弄得整个城市仿佛失火,又如全城的人都点着一支香烟,空气中整日弥漫着一股呛人的烟味。黄昏下班,城市的楼顶和街道依然昏昏蒙蒙,我的心情和脑子愈发地迷怔,于是两腿一牵一牵,又去了长江路上的图书城。

曾读过一篇小文,说书店还是小的温馨。在城市的一角或偏远的乡村,一间摆满书籍的小书店,一个戴深度近视眼镜、学究味十足的男老板,或一个风韵犹存热情开朗的女店主,加一只躺在书架下的狗或蜷卧在书堆上的猫,无不透露出店主的志趣心性。可现在的书店都大得惊人，恰如我现在逛的这家，俨然商场超市一般，人头攒动，让人呼吸急迫心存恐惧。我漫无目标地在书堆中转悠，其实买与不买，都是没关系的，买回家的大部分书也不过是换了一个地方睡觉。

可逛着逛着，脑子又坏了。先是被一本叫《打捞欢乐的碎片》吸引。作者程文超，谢冕的学生。吸引我的主要是一股悲凉的气息。程文超三十七岁博士即将毕业，却查出舌根鳞癌。之后与癌症抗争过程中所受的苦难，常人难以想象。我毫不犹豫将此书揽入怀中，有了买下第一本的动意之后，就像小偷有了第一回的行窃或者女人有了第一回的偷情，便一发不可收拾，又相中了黄裳先生的《海上乱弹》。这是黄裳先生的一本书话集，内中诸如《龚自珍二三事》、《卞之琳的事》、《读〈红楼梦〉札记》，都吸引我。特别是《画〈水浒〉》、《跋永玉书一通》，记到汪曾祺和黄永玉一节，颇具史料价值。文中提到"文革"后期，黄永玉给他的信中提到汪兄这十几年来见得不多，但实在是想念。黄裳最后说当年在上海，他（黄永玉）和曾祺总是在一起见访，一起吃小吃，吹牛，快活得很，又说想不到（到北京之后）十六七年间他们见面不多。想来曾祺别有一个过从的圈子，黄裳总想他们的不常在一起，无论对曾祺还是永玉，都是一种绝大的损失。记得汪先生也曾说过，当年（一九四八年）他们在上海，有时整日在霞飞路上闲逛。黄永玉先生在散文《太阳下的风景》中也说，当年他们从霞飞路来回地绕圈，话没说完，又从头绕起。并说各人都有一套蹩脚的西服穿在身上，记得汪先生那套是白帆布的，显得颇有精神。还是十年前吧，有一次在汪先生家聊天，不知怎么谈到黄永玉先生，我记得好像是汪先生书桌上放着一摞黄永玉先生的画册，是香港什么出版社出的，很多本。那画册是签了名的，是永玉先生赠给汪先生的。可能正是因此而说到黄先生。具体说了什么，我现在已一点印象也没有，但有一点是可以肯定的，汪先生并未表现出一丝不经意和散漫的痕迹。给我的印象是，汪先生一副很欣赏的样子。我只记得汪先生说，永玉现在是很有钱……在香港也有房子……这一点记忆是准确的，我可以保证。

前年四五月间，我到北京出差，几个朋友相约，到福州会馆汪先生生前的家里坐了坐，屋里所有的摆设、布置仍一如生前。书桌台几依然旧貌。一副几十年的老式沙发还在那个位置放着。沙发的上方，原来挂的是乌木刻像，别人见了都说是高尔基，其实是鲁迅。那便是黄永玉早期的作品。其间同汪朗（我们的兄长、汪先生的儿子）聊到黄永玉先生，汪朗斜躺在沙发上（酒后微醺）说："他们一直很好，后来不知怎么的，有点什么。好像是'文革'时，有一次黄永玉病了，打电话过来让老爷子去看看，老爷子本想去的，后来被我妈拦住：他都那样了，你自身倒也难保（汪朗用手捂着嘴乐：老爷子一辈子听我妈，家里的事都是我妈做主）。"老爷子后来没去，可能就有点意见。汪朗说，记得结婚时老爷子倒打过一个电话，说汪朗结婚了。黄永玉说："汪朗结婚我给他画幅画吧，让汪朗过来取。"汪朗说，后来也没去。老爷子还嘀咕："我儿子结婚，你给画画，不送过来，还让我儿子去取。"汪朗又捂着嘴乐，一副可爱的样子。汪朗说，老头子也是很傲的。过一会汪朗又说，那时候黄永玉的画已很值钱了，也不好意思去拿。汪朗斜靠在沙发上，午后的太阳打在左半边脸上，也斜拉出一块不规则的亮斑。过一会汪朗又说，黄永玉倒是真心的，要去拿，也就拿了。

由黄裳先生的一篇短文，我却扯了这么远。不过我读到"我总想他们的不常在一起，无论对曾祺还是永玉，都是一种绝大的损失"，心中还是很怅然。人世沧桑，又经历了"文革"的沧桑岁月。谁又说得清呢？不过他们之间并没有什么。黄永玉在他的文章中多处提到汪先生，文笔甚是亲切。在《太阳下的风景》中，黄永玉说汪先生文章又那么好，使我着迷到了极点。人也像他的文章那么洒脱，简直是浑身的巧思。也许是后来黄永玉实在是太大的名气，经济上又相去甚远。黄先生不觉得什么，还是原来的朋友、原来的样子。可汪先生心气高傲，不想攀枝，也说不得。

这样的一本书，我得买着吧。

在黄裳先生的这本书边上，又是一套书让我眼睛一亮：

郑逸梅老先生的《书报话旧》、《艺林散记》、《艺林散记续编》。郑先生一八九五年生人,活了九十七岁,是知名的掌故大家。这套由中华书局出版的三卷本文集,印刷极其素雅、精美。我将这三册书轮流拿在手中,反复摩挲着。那精美的短章,笔墨舒卷,饶有风致。将来如久闲无趣,这是最好的解闷佐料。三本都那么厚,可一本也放不下,于是一狠心,反正已开了头,索性破罐子破摔,便都又揽入怀中。

我抱着这一摞死沉的书,正欲离开,见一妙美的女士走了进来。看那妆扮,素雅适度,瘦挑丰满,两腿甚美。我便痴站了一会。她正巧抽出一本去年的散文年选。那个选本中恰有我的一则短文。我心下暗想:不如冲动一下,走上去翻出我的那篇,指给她看,之后买了送她。我知道这定是非常的唐突,弄不好会吓着人家,可我痴想一番还是可以的吧。我踟蹰之间——其实她已进来好一会了,她已选定三本,也发现(其实是感觉)边上有人注意她。于是便怀抱着书,自负的样子,婷婷袅袅,斜吊着坤包,付账走了。我徒然望着她的背影,心中怅然。

走出书店,天已昏暗。心情又沉重枯竭(每次买了一堆书,心情都郁闷得很,不知何故)。于是斜踱到对面的八中,等我补习的女儿。我坐在八中院子里花圃的水泥台子上,便翻看《艺林散记》,那笔记式的短章,确实颇多趣味。像一枚青果,酸酸涩涩,味不重,回则甘之。常熟孙师郑晚年耳聋，友来电话，辄由当差代接，颇多隔膜。柳亚子与人通讯，有时数年不复，有时早复而夕再复。读后不仅摇头，还要读出声来才好。这样的闲书，心情愈是枯竭，读之愈出其味。

晚归，匆匆喝了两碗稀饭，便蜷于沙发，将所得之书摞齐。灯下一册一册闲翻。最后拿起程文超的《打捞欢乐的碎片》，读到《在生死线上》一篇，便不能放下。那是真实的文字。程文超将他得病后遇到的人间真情及自己身体所受的磨难，真实地记录下来。读之自己也仿佛跟着经历了一番。其实他的文字并不算好，可这是有生活的文字、真实的文字。也只有这样的文字，才能有击倒读者的力量。由眼前的这篇文字，又使我想到王小波的文字。王小波的书我以前是没有看的。我从来不相信神话，都是靠我自己的一双眼睛。即使我的眼神并不好，我也只得依靠它。

那天也似焚烧秸秆的日子（其实不然，是我心中痴迷），我同样来到这家书店，无所事事中站在那里把王小波的《青铜时代》翻了一二十页，于是我便认定王小波是好的，于是毫不犹豫便买下了。正好第二天我要出差，于是在北上的列车上，我把这本书翻了大半。从此我便认定：王小波是好的。因为他独特。他不说别人的话，他说自己的话。他超越了许多人的视线，他看见别人没有看见的东西，或者说，他说出了别人没有说出的话。或者说，他不但看见了别人没有看见的东西，而且用别人说不出的话说了出来。我有时想，王小波的文字即如乡间土路上的驴屎蛋，一颗一颗的，却饱满、光洁、有生气。而我眼下读的程文超的这些文字，虽不甚老辣，可是自己生命之事，即如一枚一枚酸葡萄，也深深地撞击着我的心房。

于是我想，那些没有生活胡编乱造的文字，那些无病呻吟的卖酸之文，是绝无生命力的。而不读书，没情趣，则文字死板，不能灵动。即使是死板的文字，因为真实，同样可以震憾人心。我目下所读程文超之文，即是如此。

读完已是深夜，心情抑郁，沉重睡去。

原刊《大家》二〇〇八年第一期

北京的磁性

在东方广场的先锋剧院看了海家班的爆笑喜剧《艳遇十小时》,一个荒诞的喜剧,几乎把我给笑死,真是餐巾纸用了好几张。看完演出,走出剧场,走在北京初春的街头,走过东单三条,见协和医院那些在现代建筑群中的绿色琉璃瓦的老建筑,心中忽然涌出一股十分留念北京的情绪。北京好啊,想看什么、想听什么、想见什么,大约努努力,还是能实现一些的。北京的老宫殿、老人、老树、老街和老胡同,不断地在吸引着你,有让你用其一生都好奇不完的迷,那些让人痴迷的历史与人。

就说是人吧,那天李辉来看我。我们约在一起吃饭。因晚高峰塞车厉害,李辉让我移步到大望路新光天地。我从东单进了地铁,就是进了人的海洋。城市的地下也已挖得跟迷宫一样,人在地下走,就仿佛蚂蚁在地洞里爬,不知何所以。地上也被架得横七竖八:高架桥、立交桥、天桥和轻轨,纵横交错,指向各个方向——让人有点迷茫也有点好奇、想往的方向。

我们在鹿港小镇吃台湾菜。我见到李辉，先对他说，跟特务接头似的，走了一路的迷宫。李辉笑，人安静儒雅，一副腼腆的样子。他的笑是无声的，所以我说有些妩媚。李辉曾给我说，沈从文身上有许多女性的成分，我看李辉也是。李辉安静，也腼腆，有孩子气。我进去时他已点好了菜：萝卜焖牛肉、干巴菌爆炒小羊肉、鸡毛菜和小油菜炒香菇。他要了三瓶小瓶的啤酒。

见面并不一定要说许多话，一起坐坐。李辉这样的人，是那么固执和坚持，他接触了那么多的文化老人，写了方方面面的各色人等的人事和纠葛，他的心中存了太多的故事。吃饭中，我问他最近是否见到黄永玉。李辉说，老头儿身体好着呢！刚画了一张大画。说着李辉将他的手机给我看了看，屏幕上是黄先生。李辉说是前两天他去万荷堂看黄时拍的。照片上老头儿背对着镜头，正坐在升降机斗子里。升降机已升到了半空，老头面对着那么一大张洁白的宣纸，缩在那小小的斗子里，专心致志面对着一小块宣纸。

这样一画，就是一天。十多个小时，不吃不喝。这个已八十七岁高龄的老头儿，真是比年轻人还厉害。

黄永玉真是神奇。这个老头，身上的能量太大了。

在人民大学，与孙郁先生聊天。说孙郁是儒雅，那就说对了。他花白头发,气宇轩昂。说起话来,声正腔圆,特宏亮,一笑还两个酒窝,是真正的美男子。我同他开玩笑,我说,他给学生上课,女同学肯定特喜欢听。他这样的人,会惹人家女同学单相思的。孙先生端端君子,他不苟言笑。对我说的这番话,他不置一言,似没听到。

我去时他正有客人来访。我便坐在他书桌前翻他的书。他桌上摆了许多书,都是刚从图书馆借来的。有一册非卖品,是阎连科的《四书》,我翻了翻,觉得结构很是奇特。还有一本《章太炎在苏州国学讲习所的讲稿》,杨佩昌先生整理,我翻了翻,语言雅致,极好。

我边翻书边听外间孙先生与客人的交谈。来人仿佛是他在鲁迅博物馆工作时的工友,好像是为小孩子找工作的事,看能不能请孙先生帮忙。言谈中,孙先生对过去单位的工友,十分尊重,所说之话,十分妥贴适当,让人敬重。

送走客人,孙先生回来同我聊天。所谈无非是文学上的人与事。他说,当代作家,数过来数过去,好的也就没几个,孙犁、汪曾祺、张中行,再加一个黄裳吧。他告诉我,他写汪曾祺的书,已完稿,交给三联去出了。书名还没最后定,我们走去吃饭的路上,他说,叫《汪曾祺闲录》怎么样?我想了一下,行!这个可以。他说,也想叫《汪曾祺杂议》。我说,"杂"不好,还是叫"闲",是边读边录。不是"论",而是随笔。一个"闲"字,也符合汪曾祺的性情和气质。

他出了一本新书：《走不出的门》，是他在《收获》上的专栏的合集。他给我在这本新书上签了个题赠。这真是一本温暖的书。所写从鲁迅始，周作人、钱玄同、刘半农、废名、俞平伯，直至汪曾祺、张中行、王小波。后记尤好，是心沉到底的文字。

孙郁的文字是在吟唱，随便翻到哪一页，读下去，马上节奏感就出来了。他的更多的文字，亦仿佛是自说自话。他多数时候仿佛是在自语。这样好的文字，在厕上、在床上，或者树下，都可以读，读着读着你就会忘记了时间，把自己沉浸下去，和孙郁在一起。——你也自言自语了。

这就是孙郁的力量。一种看不见，却真实存在的神秘的力量。在孙郁这一代人中，出了孙郁这样的文字，是我们读书人的幸运。

书的封面上印着一句话：从上世纪初到本世纪初，呐喊之后的徘徊与挣扎。这也是孙郁自己的心态。

凸凹先生从房山赶过来看我。我们在一家四川的小馆子喝了点小酒。吃得十分简单，主要是聊天说话。

凸凹的文字是极好的。但凸凹的影响力远远落后于他的成就。他和我喜欢的作家多有相似，有其共同的兴趣。我欣赏他，或他欣赏我，都有一种惺惺相惜的意味。

他送了我一本小书《心比天大》，是随笔集，真是极好。我每天晚上上床后读两页。他的各类文字都很妙。书话、序跋、访谈和游痕,甚至连日记。这些文字,看后心中就非常的温暖。不能叫感动的,而是温暖。非常的温暖。仿佛如玉在胸,仿佛将一枚卵石含在嘴里,之后又丢在你的手心里,那种温润和自在,使你无法拒绝。

凸凹在书中引用了宁肯的一句话:阅读就是写作者的故乡,一个没有故乡的人是走不远的。我同意这句话。我的阅读,也是为了找回故乡。

我也不能免俗,对文坛的一些不正常的现象颇有忿恚。凸凹对我说,——他在分手时拉着我的手:不要在乎身外的东西,大树自直。你已经自成风景,只要有游客,就会被你迷住。

虽然这些日子,也时有寂寞。可我还是喜欢北京这座城的。比起这些大快活,那一点小寂寞不算什么。

原刊《大公报》二〇一一年三月二十六日

访问地坛

来北京半个月了，都忙于俗务，那天去看一个朋友，往回走时，正好经过地坛。多年前我一个同学曾在地坛医院工作。我经常到他医院来，可经过地坛，从来没有想进去看看的意思。前不久史铁生去世，引起文坛和社会一阵骚动。大家纷纷来读史铁生。据说上海小学老师叫学生阅读《我与地坛》，把刚刚推出的新版《我与地坛》，生生给卖脱销了。因为媒体一直在说，于是我把《我与地坛》找出，认认真真地给读完了，心中留下十分悲苦的感觉。地坛在我心中，也有了个模模糊糊的影子。正好路过，这次再不能错过了，赶紧让出租车停下。

宫殿还是大啊。大，才能把人给震住。我从地坛西门进去，是一个极其华丽的门楼，雕梁画栋就是指这个样子。之后往里走，又是一个朱红的无梁门洞，才进到一个大院子里。因为有树木，不知其有多大。我盲目地往深处走，问一个人：地坛在哪？他手一指说，方泽坛，右手前面！我穿过一片树林，见到一个指示牌，上面写了一串：方泽坛、皇祇室、斋宫、神库和宰牲亭。

天已近昏,我加快脚下的步子。待见到方泽坛,一个工人已在锁门,我与他协商,能否让我进去一两分钟。他于是重新将门打开一条缝,放我进去(进门之前,工人还嘱咐我:帮我看看里面还有没有人?看来原来是锁过人的)。里面分三层,一个空旷的大台子,地为灰砖。我在坛上一阵乱跑,用相机前后左右咔咔一照。再定下神来,四周看看。四边各有汉白玉的门楼,琉璃的矮墙。门也是朱红的。

所谓地坛,就是一个大台子呀!

出了方泽坛,仿佛任务完成大半。心便放慢下来,可以轻松地在这个园子里逛逛看看了。我先是认真地研究了钉在方泽坛门边的介绍。方泽坛,因坛台周有方形泽渠,故名。噢,原来是这么回事。此处可是皇帝老子祭祀"皇地祇神"的场地,明清两代皇帝均在此祭祀。坛建于明嘉靖九年,清乾隆十四年乾隆帝颁旨改建,将黄琉璃砖坛面改换为艾青色。

何为"艾青色",难道这灰砖即为艾青?我上网一搜,有一种颜色叫艾青。我看大致接近于铁灰色吧!只是更亮一点而已。

诗人艾青的名字不是因颜色而来吧?

皇祇室的四周,都是苍老的古柏。我一棵一棵抱了抱,根本抱不过来。对于这样的生命,我总是敬畏的,可我又很爱它们，觉得它们才是伟大的，不言不语，稳稳重重。它们经历了怎样的历史的变迁啊。

一棵粗极的侧柏，被一条粗极了的藤子缠着，缠得枝枝蔓蔓，零乱不堪，像印象派画家的画。我走近了。一个牌子上写着，树木名：凌霄，别名紫葳。科属：紫葳科凌霄属。啊呀！凌霄就是紫葳啊！紫葳我可见多了，我怎么不知道它就叫凌霄呢。这真一个美丽的名字。

我选了一个角度坐下，正好可以正对着这古柏衬映下的红墙。我点上一支烟，慢慢吸着。这时天色已成青瓷色。我想象不出史铁生是从哪个门进来，又是坐在了哪里。没有人能给我模拟出来。我想这些从我眼前匆匆走过的人们，我若拦下一个，问他史铁生的情形，必定吓了人家一跳。他们多是不知道史铁生是谁的。这个世界上的人，多是生活中的人。又有谁人像你这般情形，为一个人，为一篇文章，而傻傻地找到这块地方，又坐在红墙古柏之下。你想什么呢！你不为肚子饿发愁，于是尽想在精神上给自己会餐。

我点上第二支烟的时候，忽然头顶上一阵响动。我抬头望去，是那苍柏里在动。是风，可是很响。我忽然说：风在树里。风藏在树里，风在响。那是一种无法比拟的声响。但它是一阵很响的声音。仅在一棵苍柏里。噢，天籁。天籁就是如此。

鸟儿于是箭一般地射向各个方向，仿佛天空中急速的逗号。

我往回走,心中感叹:皇家还是气派。大,就是气派的首选。之后是那些琉璃的建筑,也是大和恢宏的,这才配皇家。再就是几百年的树,苍松古柏。真正的苍松古柏。

这样的访问,让我心中十分充实。虽是晚来的拜访,也算是补课呢。

原刊《大公报》二〇一一年三月二十九日